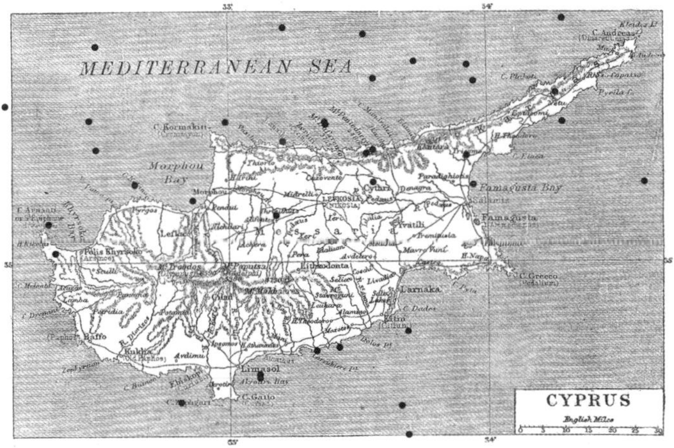
MEDITERRANEAN SEA
Morphou Bay
Famagusta Bay
Famagusta
Larnaka
Limasol
Baffo
Lefka
C. Gatto
C. Greco
CYPRUS
English Miles
33°
34°
35

Éditions MF *Inventions*

Popeye de Chypre

Patrice Blouin

For my friend Ginevra White and her island.

Il y a quelque part une sirène.
Son corps vert est couvert d’écailles.
Monique Wittig

La fuite du Mans

Tu étais bien parti pour enterrer Maman. Tu savais où. Tu avais en tête un certain lopin. Chypre 1979. Ô les palmiers les plages les espadons. Les forêts d'eucalyptus. La Mosquée Hala Sultan Tekke. Le passage de la *buffer zone*. Le front percé du Ledra Palace Hôtel. Il faut juste que tu retrouves où t'as garé la DeLorean.

Quand tu dis DeLorean tu veux dire n'importe quel type d'engin à remonter dans le temps. À bouger dans l'espace. Tu n'es pas regardant. S'il y a besoin de fumer de l'opium ou de feindre un arrêt cardiaque, t'es aussi partant. Tu l'as déjà fait.

Simplement, au début, avec Maman, tu préférais foncer en trip nature. Pour vos déplacements tu n'utilisais aucun artifice. Ni chimique ni mécanique. Tu ne faisais que sauter dans le réseau (clandestin, hellénique) des failles temporelles. Dès qu'il s'en ouvrait une. Au petit bonheur la chance. Avec l'espoir un peu dingo que ça tombe pile.

Et tu t'étais retrouvé – combien de fois ? – perdu dans les Dodécanèse. Abîmé dans les Cyclades. À chaque fois il te fallait patauger pendant des heures au fond d'une grotte pour localiser la fente molle, le cercle lumineux, qui allait te ramener chez toi. Ou directement dans une autre île à une autre époque.

C'est comme ça que tu as débarqué un été à Syros 1989. Incapable de te rappeler par quel pore momentané tu t'étais glissé. Tu t'es réveillé au milieu d'un champ avec tes bagages autour de toi et dans la main un journal local daté du 14 juillet. En attendant que te revienne un souvenir précis de ta téléportation, tu as trouvé une maison abandonnée dans les hauteurs d'Ermoupoli.

Mon nom est Orpheus McFly. Mais vous pouvez m'appeler Popeye. Borgne depuis la mort de Maman. Pas trop joli à regarder. Je me tiens le plus souvent de trois-quarts face. Et j'exorbite pour compenser.

Si vous m'appelez Popeye c'est que je suis dans l'aventure. Je ne la raconte pas seulement : je suis aussi dedans. J'en subis les conséquences. Je me laisse miner par les événements. Je suis complètement minable.

Bien sûr on ne peut pas séparer l'homme de l'œuvre. Et ce sont ces mêmes avant-bras (musclés, tatoués) qui me servent chaque jour à hisser le foil et à taper à l'ordinateur. Il faut excuser les fautes de frappe. Si j'étais juste un homme de lettres cela arriverait moins souvent. Mais un type dans mon genre – *a man of my kidney* ! – ne peut pas rester toute la journée chez lui à corriger ses erreurs. Il lui faut aussi parcourir les vastes plaines de l'Étranger Passé.

La première chose que tu vois en sortant de chez toi, c'est le laurier orange devant la station-service. Après tu descends direct au port d'Ermoupoli. Dans le maillage rétréci des rues tu échappes de justesse à une presque impasse pour retomber sur un gros boulevard. Deux filles sont déguisées en cannette de Seven-Up. *C'est quand qu'on mange les hommes-sandwichs ?* Tu dis pour rigoler.

Et dans ta tête tu penses à ce penseur, le premier à parler de l'immortalité de l'âme, Phérécyde de Syros, mangé par les poux. Une femme passe le bout de ses doigts contre un mur. Et tu ne sais pas si c'est par goût du contact. Ou parce qu'elle est torchée.

Tu remarques. Le soir tombe deux fois aux terrasses des cafés. Une première quand les parasols sont encore ouverts. Une seconde après que le patron est venu les refermer et alors que tu t'es habitué déjà à l'obscurité. Tu prends vite le pli de venir à ce moment précis pour bisser la fin du jour.

La nuit, couché sur ton balcon, tu regardes le ciel étoilé. La truie cosmique et ses gorets stellaires. Comme un nageur à contre-courant tu essayes de remonter le cours de ta vie. Et ta mère sur la berge te regarde sans réaction. Quand tu étais encore enfant, les vieillards que tu croisais à la ferme, étaient nés à la Belle Époque. Quand ils te prenaient dans leur bras, tu touchais du bout des doigts un autre siècle.

*

Ta mère est une sirène. À moitié quoi à moitié comment. Depuis que tu es tout petit elle te parle du Royaume Perdu. Avant même que tu saches parler elle t'a appris à reconnaître le pays absent dans le pays réel.

Elle te dit. *En France le fond de l'air est frais. Il fait chaud parfois. Mais simplement en surface. La chaleur en France n'est jamais comme la chaleur en Algérie. Elle n'atteint pas les niveaux profonds de la perception.*

Depuis toujours le fond de l'air est ce qui te sépare du réel. Avant même d'apprendre à parler, tu sais que tu es né dans le mauvais pays. Et que le vrai pays, le *pays-perdu,* ne sera jamais devant toi. Il manquera toujours. Au moins pour ta mère avait-il encore une existence géographique. Pour toi ce n'est qu'une forme vide qui creuse le paysage.

La plupart des maisons de Syros 1989 sont carrées. Et leurs bordures seules sont colorées dans des teintes vert d'eau ou pêche jasmin. Tout pourtant n'est pas de l'ordre du cube. Il y a aussi des palais de marbre près du port et des villas West Coast en bord de mer. Quelques haciendas mexicaines dans les champs. Et le long des chemins un nombre suffisant de cabanes recouvertes de feuilles argentées comme des bonbons Quality Street. En fait tout va au niveau de l'habitat.

Quand tu grimpes dans les hauteurs, les couches de sacré s'accumulent les unes sur les autres comme dans un jeu de main chaude. Catho, ortho, catho, ortho. Ô le tintillement des cloches de montagne! Il n'y a pas d'église trop petite. Deux chaises et un banc ça suffit pour faire un lieu de culte. Il y a aussi des chapelles privées qui sont grosses comme des coucous – plus fates que les maisons.

Adolescent tu as retourné le pays-perdu contre ta mère. Tu t'es jeté par la fenêtre pour sortir de chez toi. Tu t'es enfui sans poids ni bagages. Et depuis sans te retourner tu as glissé à la surface des époques, des continents. Et tu t'es promis d'être la pomme de toute l'histoire des pommes qui tombe le plus loin possible de l'arbre. Au point de n'être plus une pomme peut-être mais une pierre un toucan un acide aminé.

Tu es devenu un spécialiste de la coupe. Tu aimes te couper des autres. Des mille embranchements qui te relient aux autres. Tu dis que la taille promeut la repousse. Tu voudrais aussi te débarrasser de toi.

Au fil des années tes amis sont devenus de solides notables et toi tu continues la chanson. Chaque jour tu sacrifies à ton destin. Tu changes tout le temps d'année de pays de corps de profession. Tu t'installes dans le malconfort. Dans l'exsangue du dépaysement. Au cœur sec du dépays. Tu habites un peu avant l'acclimatation. Dès que les habitudes reprennent le dessus, dès qu'elles colmatent les fuites, c'est trop tard. Tu t'en vas.

Depuis un certain temps pourtant tu voudrais revenir par la grande porte. Ou par la petite. Tu n'en peux plus de la circumnavigation. Du *jetlag* permanent. Tu aimerais établir pour de bon le système de ton pathétique. Ouvrir comme tout le monde un petit commerce affectif. Te lancer dans une profession. Et comme tu commences à y réfléchir, tu apprends que Maman va mourir.

Toute ta vie tu as résisté aux appels de ta mère. Au chant continu de la *mermaid*. Mais cette fois tu te rends à son chevet. Elle meurt dans la banlieue du Mans. Qu'allait-elle mourir ici ? Et avant même que t'aies le temps de rigoler, elle te prend par le cou et te glisse à l'oreille. *N'oublie pas que nous sommes des aventuriers !* C'est qui nous ? La famille ? Elle et moi ? Juste elle et moi ? Elle meurt l'instant d'après. Pour ainsi dire dès que tu as le dos tourné. Et aussitôt tu réalises. Ce n'est pas encore aujourd'hui que tu vas rentrer.

Quand tu traverses le plateau tu repères les différents points d'eau. Certains sont couverts de nénuphars. D'autres sont brillants comme des lames de couteau. Ils servent d'aires d'entraînement pour les batailles navales. Et tu te dis que tu aimerais plonger en robe à fleurs dans un de ces bassins en ciment.

Tu vois à côté des garages des bateaux suspendus par des anses à des pendants métalliques. Ou posés comme des bagues sur des étais en bois. Les animaux sont au milieu du paysage. Les chèvres, les vaches, les poulaillers sont sur le plateau. Loin des bords. Les bords sont pour les touristes. Mais ce qu'ils mangent vient de l'intérieur. Du parc animalier.

Au bout du chemin tu as face à toi un pan de montagne. Coupé comme du gâteau. Trop gros pour tes yeux. Trop gros pour ton ventre. Tu sens dans ton thorax ton cœur de porc embourbé dans la graisse.

Au milieu du bruit fort des grillons tu entends le son doux des motos qui coupent leur moteur quand elles dévalent la colline. La première chose que tu vois en te retournant c'est le trait rouge du pare-brise qui fait aussi pare-soleil. Il barre le visage du conducteur.

Maman c'est ta mère ou ton démon ? Un criquet sur ton épaule ? La voix qui te dit ce qu'il ne faut pas faire ? Toi qui l'as tuée plusieurs fois – un coup dans la gorge, un autre à travers la poitrine – tu voudrais pouvoir te rattraper. Tu voudrais que ta mère te pardonne d'avoir retourné le pays-perdu contre elle. *Mommy, Mommy*, pourquoi je t'ai abandonnée ? Comme dénouement c'est trop cruel.

Tous les enfants sont adoptés bien sûr. Et il n'y a pas de lien organique. Que du culturel-construit-acquis. Mais tu n'as pas oublié non plus que tu es sorti du ventre de Maman. D'un coup. Comme on retourne une chaussette.

Elle dit que tu es né en riant comme un bon géant. Et c'est pour ça que tu as gardé un sourire édenté face à la vie. Tu voudrais à l'occasion lui rendre la pareille. Et l'extirper à ton tour d'une part éventrée de ton anatomie.

Tout était arrangé au crématorium. Tu t'apprêtais à regarder sur un écran de surveillance le cercueil entrant dans le four. Et Dieu sait que tu peux regarder n'importe quoi à la télévision ! Mais cette fois quelque chose a raté. Tu t'es levé d'un coup. Tu as renversé trois chaises et deux cousins imbéciles. Tu as poussé la porte qui te séparait de la salle des machines. D'une main tu as fait sauter le couvercle avec un pied de biche – celui que tu avais glissé le matin même dans le repli de ton pantalon – et de l'autre tu as cassé la gueule de l'employé qui voulait t'en empêcher.

Tu as pris le cadavre. Tu l'as jeté sur ton épaule. Tu t'es précipité dans les couloirs jusqu'à l'entrée. Jusqu'au parking. Et tu es sorti en criant. *Allez salut les motards ! Salut les moutons ! Gardez vos regrets ! J'pars avec Maman !*

*

Celui qui se noie s'accroche à ses cheveux. Le vent qui soulève les nappes emporte les pots de fleurs. Pour empêcher ta serviette de s'envoler tu la places froissée sous le cendrier en verre comme un cafard à observer.

Parfois tu aimerais écrire comme Google translate. Mot à mot. En oubliant complètement le contexte. Un chat qui tombe sur un capot. Une vague qui surprend les baigneurs. *Des paquets de poil humide formaient dans son dos comme des ailes d'ange.*

Il suffit d'un orage brusque et tout le sable s'effondre. Les parasols s'enfoncent à pic comme des plongeurs dans des mares de boue. Au bar de la plage on accueille les baigneurs en déroute dans une gestion relax des catastrophes. Avec du café chaud et des airs de Madonna.

Un vieillard aveugle, qui passe la serpillère, s'adresse à une famille. *Vous voyez la fin du monde c'est pour bientôt !*

Dans vingt trente ans tout au plus. Mais rassurez-vous avant de disparaitre nous devons encore abolir quelques oppositions. Les plus anciennes, les plus importantes. Celles qui séparent l'homme de la femme, l'homme de l'animal. Lorsque nous aurons établi partout des transitions douces, graduées, quand nous aurons atteint ce stade dernier de délicatesse, alors seulement le monde pourra s'effondrer. Car nous aurons accompli notre destin véritable en tant qu'espèce. Nous aurons trouvé notre place au sein de la création.

Quand la pluie cesse les gouttes d'eau brillent sur les branches des pins comme de l'amour cristallisé. La plupart du temps pourtant le ciel est du gros bleu. Et la municipalité envoie des camions de service sur des routes non goudronnées pour soulever des nuages de poussière.

Au premier arrêt d'autoroute la nuit est déjà tombée. Tu t'installes dans une station Esso pour faire tourner les tables. Tu as besoin de l'intercession d'un esprit pour clarifier la situation. Maintenant que tu as kidnappé Maman tu fais quoi ? Parce que tu n'as rien prévu en vrai après le premier tableau. Après La fuite du Mans.

Problème. Tant que Maman n'est pas proprement enterrée tu ne peux pas communiquer avec elle. Faute de Mère Supérieure il te faut trouver un personnage de substitution. Une Sœur Inférieure. Tu convoques alors l'âme de Sœur Alfred. Celle qui t'a appris tout ton catéchisme, saura quoi faire forcément.

Alfred déclare. *Ce que je vais te dire Popeye tu le sais déjà. Si tu veux enterrer dignement ta mère, tu dois ramener son corps en Algérie avant les Événements. Si tu veux être un bon fils, tu dois revenir...*

Tu fais partir le fantôme. Tu lui fermes son clapet. Que pouvais-tu attendre d'une religieuse ? Qu'est-ce qu'une Sœur comprend à l'amour ? Et à la catastrophe ? Ce qui est clair pour toi, c'est que tu n'as pas détourné des funérailles pour revenir comme un con à Birkhadem 1962.

Pendant un moment, à qui te demande où est enterrée Maman, tu réponds. *Ma mère est enterrée dans tous les lauriers tous les jasmins les bougainvilliers. Je ne dirais pas, comme elle, que l'Algérie était un désert avant leur arrivée. Qu'ils avaient amené avec eux les glaces les parcs les orangers. Simplement depuis qu'elle est morte je la laisse traîner parmi les plantes du Sud.*

Et puis un jour tu as une illumination. Tu sais où tu vas enterrer Maman. Tu vas l'enterrer à Chypre 1979. Au dernier endroit où tu l'as vue heureuse. Glorieuse même. Installée presque dans sa guerre et presque dans son climat. Presque c'est déjà pas si mal. Il suffit de plisser un peu les yeux et on confond facilement les périodes. On mélange les conflits. Est-Ouest. Nord-Sud. Les yeux plissés c'est même combat.

À Syros 1989 tu vois partout de grands silos Lafarge. Tu avais oublié ? Les îles sont des mines. Des rochers à forer au milieu de la mer. Bien sûr ce sont des plages aussi qui s'étalent dans les dépliants publicitaires. Mais les vraies richesses sont cachées à l'intérieur. Après le parc animalier. Dans les monts que l'on creuse. Que l'on érase peu à peu. Quand tu étais enfant ton père te disait que son travail consistait à effacer les îles de la surface de l'eau. Tu avais oublié ? Il est mineur. Il travaille pour le BRGM. Le Bureau des Recherches Géologiques et Minières. C'est un petit gars de la compagnie. Et il est envoyé à Nicosie en 1979 pour exploiter un filon d'antimoine.

Principes d'évasion

Tu décides d'abandonner les trips nature. Visiblement si tu veux arriver à bon port – et bon port est justement ton objectif – tu dois construire une machine. Alors tu repars à la cave. Avec tes outils, ta détermination et ton sac à astuces.

À tes débuts, quand tu n'étais encore qu'un adolescent en fuite, tu ne connaissais rien aux diverses façons de circuler dans l'espace-temps. Simplement ce que tu avais lu dans deux trois livres. Et tu ne veux pas dire que les récits de voyage spatio-temporel sont mensongers. Mais d'un côté ils réduisent les problèmes rencontrés. Et de l'autre ils exagèrent les résultats obtenus.

Si on prend les plus célèbres au pied de la lettre, il suffirait d'avoir un peu d'argent et d'ingénierie pour circuler à travers les lieux et les époques, comme un lord anglais, sans perdre le confort de son salon. Tu visses ton fauteuil en cuir sur une luge en or. Tu règles l'horloge atomique à la date de ton choix. Tu pousses du bout des doigts le bouchon de diamant du levier de vitesse. Et tu arrives au spot de ton choix.

Tu n'as pas tardé à découvrir que la réalité était plus complexe. Sans te décourager pourtant tu as continué les essais. Et tu es parvenu après quelques années à établir quelques règles concises de travail. Ta méthode personnelle de déplacement. *The Time-and-Space Travel according to McFly.*

Le premier principe (le plus méconnu, le plus important) est qu'il n'existe aucune machine universelle. Aucun système à la fois anonyme et multi-usage. Chaque voyage réclame de construire un engin spécifique. Adapté à la personnalité du voyageur et aux conditions particulières du déplacement.

Chaque entreprise est un *one shot*. Et on peut être à peu près sûr que ce qui a bien fonctionné un jour ne fonctionnera plus trois mois après. Car entre temps l'arc de cercle des destinées se sera subtilement déplacé.

C'est pourquoi le voyageur spatio-temporel n'est pas un ingénieur et ne le deviendra jamais. Il restera toujours un bricoleur plus ou moins habile. Avec le temps c'est certain chacun acquiert une sorte d'expertise. Mais cette expertise n'est jamais qu'une rapidité accrue à se rattraper aux branches. Et le processus de travail reste fondamentalement le même. Partir sur une première hypothèse. Quelque chose de très intuitif comme par exemple mère = faille géologique. Rater, rectifier, rater, recommencer encore, etc.

Pour ton second essai avec *Mommy* tu veux garder l'idée de quelque chose de léger, d'évanescent, en te débarrassant du côté trop *naturalia* des gouffres. Tu pars sur un sas électrique. Un truc simple, transportable, que tu as déjà testé par le passé et qui, si tout se passe bien, consomme moins d'un noyau de plutonium.

Le risque avec les sas électriques comme avec tous les portails artificiels – armoire, malle, tapis – c'est de changer de personnalité ou de dimension. Une fausse manip et tu te retrouves dans un univers parallèle où tes parents n'ont jamais existé parce que ton grand-père espagnol est mort adolescent de la typhoïde. Et alors bouffi tu fais quoi ?

Cette fois pourtant tu prends le pari que ça va marcher. En fait tu n'as pas le choix. Car tu dois régler aussi un autre problème. Depuis quelques jours tu n'oses plus ouvrir la malle à Maman. Dès que tu la déplaces elle laisse des traînées noires. Du jus de cadavre. Et l'odeur est dégueulasse. Il faut vite que tu trouves un embaumeur clandestin. Un shaman qui travaille à domicile. Un réducteur de tête taxidermiste. Il faut en en finir avec l'organique. Il faut assécher Maman et son corps de moineau. Tu voudrais la glisser mini momie dans ta poche.

Tu es prêt à repartir. La bouche en désordre de ta mère, ses dents en guirlande, tu les touches à présent du bout des doigts à travers le coton fleuri de ta chemise. Mais dès que tu branches le sas, dès que tu franchis la corolle électrique, tu comprends que tu as mal réglé la machine.

Et sans savoir comment tu arrives à Sofia 1929, dans un salon bourgeois, au début d'un dîner de famille. Tu occupes la place du père, en bout de table, qui est encore retenu à l'usine. À côté de toi, sur ta droite, il y a ta femme dans une robe blanche vaporeuse qui regarde par la fenêtre les cimes noires du Mont Vitosha. Par un étrange effet de lumière son carré de cheveux est discrètement bordé de bleu. On dirait que sa tête, qui se détache de la tapisserie, est mal incrustée dans la pièce.

Sur ta gauche il y a ton beau-père qui a gardé son haut de forme et son costume trois pièces. Et il pourrait passer pour un honnête croque mort si ce n'était son nœud à pois et sa chemise rubis qui indiquent plutôt la tenue de bordel. Tu vois encore dans ses yeux l'image des deux jeunes filles qu'il a laissées là-bas pour venir manger. Leur corps d'athlète aux bourrelets fermes. Leurs seins hauts et ronds. Leurs sourcils épilés. Leur coupe à la garçonne. Leurs yeux éteints.

Juste à ses côtés il y a ta fille aux cheveux noirs tirés en arrière. Sa robe est rayée comme les lames du plancher. Elle se passe du rouge à lèvre. Juste avant le repas ? C'est qu'un garçon doit venir la chercher. Tu ne sais pas encore mais elle a rencontré un marin cet après-midi dans un café de la rue Rakovski. Son bateau est en cale sèche à Varna pour quelques semaines. Et il en a profité pour monter à la capitale. Il a déjà promis de la ramener chez lui à Vigo en Espagne.

En face de ta fille enfin il y a le crâne rasé de ton fils. Ton petit dernier, en tenue de footballeur orange et verte. Sous le bras il tient fermement son ballon comme si le match allait reprendre d'une minute à l'autre. Dans sa future hagiographie de Membre du Parti on soulignera ce goût des sports collectifs et son mépris, dès l'enfance, des manières bourgeoises.

Il ne manque plus vraiment que toi ou ton double (l'ingénieur en chef, le patron d'entreprise) pour compléter le tableau. Et tu n'oses pas bouger un cil tant qu'il n'est pas là. Mais dès que le père arrive, dès qu'il ouvre la porte, tu rebranches le sas en un éclair et tu sautes dans le vide électrique.

*

Le second principe du voyage spatio-temporel, dit d'imprécision, est le suivant. Quelle que soit la machine ou la drogue, et le génie et la patience de l'inventeur, l'imprécision fait nécessairement partie du processus. Il est inutile de chercher à la supprimer. L'erreur est incluse dans le transport.

Au début quand tu comprenais que tu étais arrivé au mauvais endroit au mauvais moment tu t'activais aussitôt pour repartir. Mais peu à peu tu as compris qu'il valait mieux chercher à tirer parti de la situation. Et avec les années tu as de plus en plus de mal à décoller. Même quand tu pourrais revenir sans effort à ton point de départ, tu passes des journées entières, au hasard des rues, dans des villes étrangères.

En fait les déplacements spatio-temporels fonctionnent comme un jeu de fléchettes, dans la cave d'un bateau, un soir de tempête et d'alcool. On vise bien sûr ! mais dans le flou. Et on arrive toujours au-dessus ou à gauche de l'endroit désiré. Tu dirais dans un rayon variant de quelques dizaines années à quelques centaines de kilomètres. Un *bull's eye* reste exceptionnel. Un *bull's eye* est objet de légende.

C'est pourquoi n'importe quel voyageur spatio-temporel arrive rapidement à la même conclusion. Mieux vaut partir sur l'idée d'une aire historique et géographique plutôt que sur un lieu précis et une année. On avait moins de chance d'être déçu. Même si personne officiellement n'est jamais déçu. On était bien content que ça marche déjà.

La seule règle qui vient éclairer le brouillard du second principe, spécifie que l'imprécision s'accroit avec le temps et la distance. Au point que tout voyage spatio-temporel devient de fait impossible au-delà d'une certaine limite. Et cette limite varie selon les capacités et les désirs de chaque individu.

Dès qu'un compagnon te parle de remontée de plus de deux cent ans, ça te fait doucement rigoler. À titre personnel tu n'as jamais dépassé le siècle. Ou simplement dans des flashs qui te restent plutôt en tête comme des apparitions.

Et le cercle de tes projections dans le futur est plus restreint encore : à peine une dizaine d'année. Cependant, même avec ces limitations, il n'y a pas de quoi se plaindre. Le domaine à parcourir reste immense et excède largement les capacités d'exploration d'un être humain.

À ton retour précipité de Sofia 1929 tu n'abandonnes pas de suite l'idée du sas. Tu effectues plutôt deux trois modifs. Tu changes l'orientation de la machine. Tu ajustes le réglage des ampères. Et tu repars vite fait.

Cette fois, quand le cercle crépitant d'étincelles s'éteint, tu vois d'abord des *bow windows*. Des bonnets en velours doré comme des bourses ouvertes sur des têtes d'adolescents. Des palmiers marrons plantés sous la pluie comme des généraux. Un grand drapeau rouge et blanc qui flotte au loin au milieu du boulevard.

Et tu remarques aussi. Pas de chats des rues mais de gros chiens immobiles, enroulés sur eux-mêmes comme des pains aux raisins. Pas de polychromie mélancolique mais diverses couches de noir. Tous les garçons en blouson de cuir. Toutes les filles en écharpe moutarde. Taksi. Polis. Otel. Müzikhol. Tu dirais que tu es quelque part en Turquie.

Tu t'assois un moment sur un banc public rembourré comme un sofa. L'endroit te semble étrange et familier. Tu as l'impression d'être déjà venu ici. Dans ta jeunesse et à une autre époque.

Derrière toi il y a une Gare teutonne et un Parc à Culture. Et devant, une partie de la ville verticale. Des presque favelas recouvrent les collines. En descendent des vendeurs de lapin. Des cireurs de chaussure. Des portefaix poussant des brouettes. Tu en suis un jusqu'au bazar. Et tu te perds entre les rangées de perles et de bijoutiers.

Tout est plus vieux ici, plus antique. Tu te dis. *Ici c'est Homère. Le pied de vigne au centre de la place est comme le pied du lit d'Ulysse : taillé directement dans l'arbre.* Tout part de la racine. La toiture végétale. La canopée municipale. L'organisation concentrique de la vie. Et dans le mall à côté c'est pareil.

Mais tout aussi est plus moderne. Chaque entrée de magasin, chaque bouche de métro est cadrée de portiques métalliques. Partout tu es scanné. Et tu n'arrêtes pas de bipper. Quelque chose dans ton ectoplasme ne correspond pas aux réquisits biotechnologiques de l'endroit. Il est possible que tu te sois projeté légèrement dans le futur.

Par précaution, pour échapper aux méthodes inédites de contrôle, tu glisses vers la mer. Tu butes contre un buste de Dario Moreno et contre un autre, en face, d'Enrico Macias. Tu longes une tour-horloge qui fait aussi office de fontaine. Tu connais cette tour. Tu l'as déjà vue. Elle a été offerte au Sultan Abdülhamid II pour mesurer le temps passé à se rafraîchir.

À la Fête Foraine des Eaux des ballons de couleur flottent sur la mer. Des familles leur tirent dessus à la carabine et font peur aux pélicans. La fumée des steamers obscurcit l'horizon.

Le soir tombe d'un coup. Et tu es saisi par l'intensité brusque des rues. L'éruption des danses aux carrefours. Des chants dans les cafés. On célèbre quoi ce soir ? Nouvel An ? Fête Nationale ? Les habitants occupent les trottoirs. Ils installent un peu partout des tables en plastique, éclairées au groupe électrogène, pour manger des huitres.

Plus tard, quand tu prends le ferry, la foule s'accumule sur le front de mer. *Happy New Year! Happy 33!* Et comme tu te retrouves accoudé au bastingage tu vois la côte qui s'enflamme. Des dizaines et des dizaines de lanternes chinoises montent vers le ciel. Tu entends les cris de joie. Et d'un coup tu sais où tu es. Tu es à **Izmir 2033**.

Et tu ressens de nouveau la panique que tu as éprouvée quand tu as débarqué à **Smyrne 1922**, au milieu de la Catastrophe, en plein incendie. Comme toutes les personnes coincées sur le quai par les flammes tu avais tenté de fuir à la nage jusqu'aux navires militaires, anglais et français, qui étaient accostés en spectateurs immobiles face aux événements. Il t'avait fallu un moment pour comprendre qu'ils n'acceptaient à leur bord que des compatriotes. Et les Grecs, mon dieu, les Grecs? Après toutes ces années tu ne parviens toujours pas à y croire.

*

Le troisième principe du voyage spatio-temporel est sans doute le plus difficile à accepter. En effet s'il est réconfortant de penser que celui qui le souhaite assez ardemment, peut toujours fuir de chez lui et s'évader pour la destination de son choix – pour autant que cette destination ne soit ni trop précise, ni trop lointaine – il faut cependant ajouter que ce voyage s'effectue *sous condition*.

Et cette condition est de ne pouvoir interagir avec le monde extérieur. Où qu'il se trouve le voyageur spatio-temporel peut tout voir tout entendre tout ressentir. Mais le pays exploré ignore en revanche complètement sa présence. Il aura beau crier, bousculer la foule, taper à toutes les portes, personne ne retournera jamais son regard.

Comment pourrait-il en être autrement? Si tel n'était pas le cas, le plus petit des déplacements spatio-temporels causerait des distorsions qui feraient vite exploser la possibilité même d'un monde commun. Et cependant comme les auteurs de littérature, loin de craindre les contradictions, les adorent, les raffinent, les sanctifient, la découverte de cette règle sévère est la dure surprise du voyageur débutant*.

A priori elle enlève tout le fun de l'expérience. Certains cependant s'y habituent plus rapidement que d'autres. Ils en tirent même au début une sorte de jouissance de voyeur ou de dandy. Chez ces derniers les contrecoups sont plus tardifs. Et plus violents aussi.

Avec l'âge en effet il est courant chez les voyageurs que prédomine l'impression de n'avoir jamais quitté leur chambre. Et cette impression leur serre le cœur. Elle annule parfois jusqu'au sentiment de l'existence. Durant leurs dernières années, quand ils se retournent sur leur parcours, il leur semble alors avoir tout vécu, immobiles et silencieux, collés à la paroi d'une boule de cristal. Mais même à ce prix nulle trace chez eux de regret. Tout plutôt que de rester *réellement* sur place !

* NdE : Dans les addenda secrets du *TST according to McFly* on trouve cette remarque : « Selon des récits de première main de personnes, par ailleurs réputées fiables, il existerait certains cas exceptionnels où le voyageur pourrait de fait intervenir dans le continuum spatio-temporel. Tous les voyageurs qui disent avoir expérimenté ce phénomène, parlent d'une entrée dans une Zone où le temps même brusquement ralentit. Tout est gelé autour d'eux. Et il leur devient alors possible, pendant un court instant, d'interpeler les gens et de manipuler les objets ». Le passage a été souligné par Popeye lors de son dernier voyage. Sans doute plaçait-il ses espoirs dans ce phénomène pour délivrer Maman.

Une fausse couronne

Tu entres dans un café grand comme un hall de gare. Tu passes au milieu des lustres éteints. Des horloges arrêtées. Des maquettes de bateau. Tu t'assois sur une banquette en cuir rouge et blanc au fond de la salle. Et comme indiqué dans ton Guide de l'Occulte, un tapis géométrique est suspendu au mur en face de toi.

Fier comme un cosaque Zaporogue tu résistes un moment à l'appel du motif. Puis, sans que tu t'en aperçoives, tu te perds peu à peu dans le canevas. Et tandis que tu t'enfonces comme un fil de laine dans la trame colorée, tu remontes insensiblement le temps. Tu tombes dans le passé. Tu n'as jamais connu ça. Tu n'as jamais fait un saut pareil. Tu remontes bien avant ta naissance. Avant le début de la seconde guerre mondiale. Avant le début de la première. Avant la fin de l'Empire Ottoman. Avant 1900.

Quand tu reprends pied, et que cessent d'un coup le vertige et l'entrelacs, tu as vingt-deux ans et tu t'appelles Constantin. Tu as fui l'Égypte avec ta mère Chariclée pour trouver refuge dans une maison de famille à Constantinople 1885. Tu voudrais bien gagner ta vie pour aider Maman. Dans le journalisme ou – pourquoi pas ? – la politique. Mais tu es incapable d'écrire quoi que ce soit de subtil ou d'utile sur le Sultan Abdülhamid II.

En fait tu n'es heureux qu'en dehors des murailles. Loin du centre des activités. Au centre des activités – tu as remarqué – les gens ne respectent pas les règles de prosodie.

Tu passes tes journées au port de Nichori. Ô la nature à Nichori ! Et la jeunesse aussi ! Tout est plus fort ici. Et les fruits et les fleurs et les prières. Les filles sont belles comme des platanes. Et les garçons comme des noyers. Ils se retrouvent tous les dimanches chez Grigori pour s'enivrer de l'odeur de la terre. Et tu les regardes à distance sans oser leur parler.

Même quand tu vas en Ville par sens du devoir, et des obligations, tu n'es jamais vraiment là. Il suffit que tu passes devant la Vierge des Blachernes – et tu as beau savoir que l'église a été reconstruite il y a moins de trente ans – pour qu'aussitôt tu songes au sacre de Jean Cantacuzène et d'Irène Assan en 1347 alors qu'ils venaient à peine de reprendre Constantinople avec l'aide des Turcs. Comme l'Empire était ruiné, leur couronne était faite de fausses pierres précieuses. De morceaux de verre rouge vert bleu. Cette fausse couronne c'est la seule que tu voudrais porter.

Et quand tu longes le nouveau Palais Impérial, tu penses immédiatement à l'ancien. Tu penses à Alexis Comnène, en 1081, franchissant la Porte de Bronze pour partir à la guerre et laissant à sa mère, la très digne Anne Dallasène, une lettre de mission au cas probable où il ne reviendrait pas. *Entre nos deux bouches pas de mots froids.* Et tu penses aussi à cet autre Constantin et à sa mère Irène qui aimait tant les images qu'elle en fit un dogme nouveau. De leur relation tu retiens surtout ceci. En 797, Irène traine Constantin dans sa chambre de naissance. Dans la Salle de Porphyre. Et là où il a vu le jour elle lui brûle les yeux.

Toi tu es Constantin l'Absent. Constantin l'Esquive. Tu n'existes jamais que dans l'obstacle. À travers le voile et l'empêchement. Et quoi que tu te décides de faire plus tard, quand tu seras de retour à Alexandrie, tu as déjà compris que la meilleure des vies est celle qu'on ne vit pas.

La ruine et le vivant

CRRAAASSHHH!! Ton cabriolet modifié s'est embouti frontal dans une Colonne du Temps. Ça arrive parfois même aux meilleurs des conducteurs. À vue de nez tu estimes à quatre mois la durée des réparations. Heureusement que tu as pris avec toi des paquets de biscuits. Et des roues de secours.

Au début tu ne sais pas que tu es arrivé à Athènes 2011. Tu sais juste que c'est la crise. Et la crise confond les époques. Elle fait revenir la misère antique dans les habits modernes. Il n'y a pas de métier si petit, si interstitiel, qu'un pauvre ne parvienne à s'y engouffrer. Laveurs de pare-brise. Pleureuses de métro. Vendeurs de piles. De drapeaux. De crayons de bois. De mouchoirs en papier. De ballons à l'hélium Bob L'Éponge ou Dora L'Exploratrice.

Celui-ci fait l'aumône tous les jours au milieu du carrefour. Le crâne rasé sur le côté. Le haut du corps hyper puissant. Les jambes retournées à l'équerre au niveau des genoux. Avec des petits pieds chaussés (on dirait) de Repetto. Son corps angulaire se tient dans la circulation comme une partie de torero.

La crise se sert de caddie Klavenitis comme de poussette. Elle fait revenir les ferrailleurs et leurs haut-parleurs. Quand tu entends la litanie des ferrailleurs, elle se mélange dans ta tête avec la voix lointaine des muezzins. La litanie des ferrailleurs est la prière matérialiste au Dieu Débrouille.

Celui-là est vendeur de pastèques. Sa camionnette est divisée en deux. Moitié fruit moitié ferraille. Tu peux mettre un jardin dans un tricycle. Ou toute une maison. Il suffit d'attacher l'ensemble avec deux tendeurs et la main d'un ami.

Le glaçon au fond de son verre brille comme un os de mammouth. Il aura fondu avant que le serveur ne revienne avec l'addition. Au fond de tous les verres de toutes les tables de toutes les terrasses, des banquises entières disparaissent en quelques heures. Une fonte des pôles par jour. Des pans entiers de réel se volatilisent – disparus ! Et tandis qu'elle avale son café, aux balcons des immeubles le linge des familles continue de sécher. Tu vis dans une ville qui s'évapore.

À cette distance tu ne peux pas vraiment distinguer entre la cheminée d'usine et le tronc de palmier. Tu marches parmi les bâtiments inachevés. Avec des toits en gaufre et des murs en briques. Des murs à gratter qui s'effritent sous le ciment.

Ici on expose l'électrique. On expose le fonctionnel. Tu as vu dans une vitrine un corps de mannequin à ajuster grâce à une série de thermostats : un pour les hanches, un pour la taille, un pour la poitrine. Tu es plutôt palme ou pylône ? Ou les deux ? Ici tu peux être les deux. Le vieux figuier est chargé d'antivols qui pendent comme des gousses séchées. Les branches fines des saules pleureurs sont renforcées avec des guirlandes de fleurs et des tiges en plastique.

Tu essayes toujours de marcher dans le vent des ventilateurs. Le vent des ventilateurs se mêle au vent de la mer. Au souffle des avenues. Tu marches dans le vent augmenté. Tout près du moulin des moteurs. Tu es conduit par les câbles électriques. Par les cordages des tramways. Par les files de voitures. Tu es guidé par un ensemble structuré de lignes à haute tension. Porté par les watts et l'essence. Par les craquelures de plomb.

Lors d'un voyage en 1939 tu as noté. New York et Athènes sont les seules cités au monde plus chargées d'électricité que des piles. Et, aujourd'hui encore, malgré la crise, la ville brille comme un lustre dans une pièce en faïence.

Ça se bouscule en haut des immeubles. Entre les antennes de télévision, les ballons d'eau chaude, les panneaux solaires. Un paravent en bambou léger entoure le toit terrasse comme la coiffe d'un chef indien. À tout coin de rue les cheminées en aluminium des tavernes s'élèvent dans le ciel comme des puits de forage. Et les chapeaux tournant des conduits d'aération font briller les toits par éclats en des centaines de palpitations lumineuses. On dirait que la toile mouvante des vagues s'est étendue jusqu'en banlieue.

Tu marches dans le vague des terrains. Google Map ne te donne qu'une version abstraite de la ville. Tu circules au milieu de gros blocs colorés. Tu t'orientes comme dans un rêve. Capitaine de ton propre navire ton portable est ta boussole. Avec le temps cependant tu enregistres des adresses et ta carte personnelle se précise. Chaque bar est fixé d'un cœur ou d'un drapeau comme une île conquise de Polynésie.

Qu'est-ce qui sépare un champ d'un terrain vague ? Tu décides pour le savoir de retourner la terre. De te mettre aux labours urbains. Tu fondes ta ferme milieu des immeubles semi-construits. Ou tu te lances dans l'industrie du drapeau. Enseigne au balcon du premier étage. Hampe de gala enrubanné comme un bâton de majorette. On est toujours à deux doigts de pavoiser par ici.

Les posters déchirés au mur des maisons en ruine sont comme des souvenirs collés à l'arrière de ta tête. Tu vois son torse basculer en arrière comme si elle prenait de l'élan pour mieux rire. Et ce mouvement particulier fait remonter le visage d'une autre femme. Il te manque juste son nom et son activité. Mais tu te souviens que vous avez baisé.

*

Tu t'es installé dans un studio avec balcon. Juste un tombeau-berceau pour toi et Maman. Et tous les matins tu franchis les battants de la porte-fenêtre. Tu passes à travers le cadre. Tu rentres dans l'image. Mais avant de partir tu n'oublies pas de dire à la Bien-Aimée que tu t'en vas réparer la voiture. Et tu l'embrasses aussi sur son front décharné.

Les habitations commencent ici par exposer le vide. Le vide n'est pas caché dedans ou derrière. Il est posé devant ou dessous. Les maisons s'élèvent sur pilotis. Elles campent un retrait d'angle. Une porte en bois est détachée de vingt mètres de l'entrée de l'immeuble. Elle te permet d'entrer une première fois dans le vide. Comme ces grilles décoratives qui entourent les terrains vagues.

Dans le vide tu construis un jardin si tu veux. Un garage. Mais rien de trop fonctionnel. Sous les pilotis du grand HLM des murets de pierres circulaires protègent des plantes obscures et une fontaine baroque.

La diagonale des auvents rompt l'aplomb des façades. Tant de toile tendue à chaque étage. C'est de la voile de bateau ? De la tente de camping ? On a beau dire, on reste nomade. Et la ville est faite de tissu.

Comme les aéronautes balancent par le bastingage de la nacelle tous les poids inutiles qui encombrent leur ascension, de même les habitants d'Athènes éjectent hors de la maison tout ce qui pourrait ralentir leur existence. Une partie de la cuisine. De la salle à manger. Les chaises du salon. Ils fixent au dehors des escaliers en vis. Si on peut passer d'un étage à l'autre en crochetant par l'extérieur, c'est mieux.

Les boutiques ici sont identiques les unes aux autres. Ce sont de grands carrés vitrés sans annonces ni affiches. Avec un employé-patron derrière une table et quelques exemplaires de ce qui est à vendre. Dix machines à laver. Trois morceaux de viande. Six rouleaux de toile cirée.

Et le kafénio d'à côté est une autre boite vitrée lumineuse parsemée de tables. On y prépare le café national en allumant une petite bouteille de gaz sous le comptoir tandis que trône au-dessus (rutilante, inutile) la machine à expresso. De nuit il est éclairé au néon. Et son seul client est un autre employé-patron qui regarde des photos de stars sur son portable en attendant de rentrer chez lui.

Les kiosks sont couverts de magazines épinglés. Les passants s'arrêtent pour lire les gros titres et les premiers articles. Les kiosks sont des journaux en 3D dépliés dans l'espace qu'on lit en tournant autour de leur centre caché. Tu ne sais jamais qui se tient dedans.

À l'ouverture du nouveau magasin des colliers de ballons sont tendus de fenêtre à fenêtre. Dorés, argentés, serrés en file comme des brins d'ADN. Trois mois après ils décorent encore la rue mais ont perdu leur souffle comme des pétales séchés d'aluminium.

Au bout de la rue Keramikos il y a dix toxicos qui se piquent, assis sur le trottoir, et une boutique Singer. Certains se branlent. D'autres bavardent. D'autres fument. Ô la préciosité du junky qui se roule une cigarette. Au carrefour tu vois des chasubles dorées dans des vitrines pour prêtres. Et au milieu des tapis, une peau tannée tendue comme un écorché.

*

Ici on enferme les chiens dans les habitations pour laisser la rue aux chats. On nourrit les chats à l'extérieur pour les garder sauvages Et on place des panneaux à l'entrée des maisons. *Attention chien fragile! SVP ne laissez pas entrer les chats.* Le climat de toute façon est trop rude pour les chiens qui gisent effondrés dans la cour des immeubles. Comment supporter leur halètement? Les chats en revanche sont partout dans la ville comme des grenouilles dans un marais. Flèche félin dans les escaliers. Chat blotti au creux des branches. Chat couché sur un capot.

Très vite tu comprends. Tu vis dans une ville de voitures. De garages et de parkings. Tu peux ouvrir un parking dans un terrain vague. Dans un théâtre antique. Dans un jardin à étages. Dans le salon-cuisine d'une maison effondrée. Pour ouvrir un parking il suffit de l'ombre d'un olivier. *Un arbre est un parking.* C'est comme ça qu'il faut penser. Un platane c'est combien de véhicules? Et le Pape combien de régiments?

Tu mets juste une cabane à l'entrée. Une cahute pour la monnaie. Si tu veux plus de confort – ou si tu n'as plus d'autre choix – tu peux aussi loger une caravane. Et comme il y a toujours un drame possible avec la conduite, n'oublie pas de suspendre une bâche rouge à l'entrée, qui fasse rideau de théâtre. Bienvenue au Parking Platon !

Tu as vu des garage troglodytes creusés dans des grottes en béton et des garages piscines en carreaux bleu-blanc. Tu as vu un immeuble (entier, inachevé) rempli de pièces détachées. Une casse à étages. Un hangar suspendu – mieux que les jardins !

Pas de cycliste ici, pas d'agent épaississant, pour ralentir la confrontation homme-machine. Rien entre moi et le moteur. Entre moi et la quatre-voies. Il vaut mieux être réveillé quand tu sors le matin. Et sûr de tes appuis si tu veux passer à travers la circulation. À moins que tu traverses par d'autres moyens. Par pont ou par tunnel. Par monts et par vaux. Souvent la circulation fait de toi une taupe.

Partout tu croises des voitures-fantômes recouvertes d'un drap blanc numéroté. Immatriculation des fantômes. Il faut prévenir la corrosion des carrosseries bien sûr. Protéger les voitures des dangers du soleil. Autant donc tu peux foncer tête nue sur des vespas trafiquées – ça c'est OK – autant il faut faire gaffe au capot de ta bagnole. Ton crâne est précieux d'accord mais moins quand même que le toit de ta caisse. Le casque de moto tu le mets surtout en hiver comme un bonnet pour te protéger du froid. Le casque n'est pas là pour te protéger des accidents. Tu sais bien que rien ne peut te protéger des accidents.

*

Autour du plus petit terrain de la plus petite école il y a des gradins. Il y a du public. Ici on vient voir les enfants jouer.

Deux fois par an on vient aussi les voir marcher au pas. Tu les as vus défiler les enfants aux bras ballants, aux bras trop longs. Encadrés par des professeurs le buste en retrait. La construction des régiments commence dès le primaire. C'est là où on t'apprend à marcher au rythme des fêtes nationales. Les corps sont encore mal ajustés aux costumes. Ils résistent à l'automate. Et les porte-drapeaux sont les plus solitaires.

À ta main gauche tu portes une bague en or. Elle brille comme un astre sur terre. Tu restes sans bouger au milieu des plantes électriques. Des palmiers poubelles. Des pylônes caoutchoucs. C'est quoi qui traîne au sol ? C'est pelure ou cadavre ? Sur l'écran de ton mobile deux équipes de foot s'affrontent dans un derby londonien. Tu les glisses dans ta poche au milieu d'une action.

Le Jeu circule en ville. Il passe parmi les terrasses avec son bâton de pèlerin. Avec son bâton de Saint-Nicolas recouvert de billets de loteries. Il t'interpelle tandis que tu es en train de discuter avec tes amis imaginaires. Si tu ne le croises pas sur place, tu peux aussi le retrouver plus tard durant la nuit dans chacun de ses établissements.

L'enseigne clignote. On la voit de loin. C'est un bonhomme Michelin en boules multicolores qui bat des bras et des jambes comme pour faire l'ange dans la neige. OPAP. PRO-PO. Ce soir encore tu vas parier sur un match de Premier League.

Il existe une découpe administrative par quartier de l'espace de la ville. Et une découpe sportive, plus complexe, par équipe de football. Tu suis sur les murs les tags des supporters comme des panneaux alternatifs d'indication. Avec leurs fleurs leurs couleurs leurs animaux. Tu rentres dans l'arrondissement du Trèfle Vert. Ou dans le district des Panthères Bleues.

Ces panneaux t'emmènent parfois jusqu'au stade au début d'un match. Tu montes dans les gradins en béton. Et à mesure que tu grimpes se perd la distinction entre marches et sièges. La première fois tu es déçu. De là où tu t'es assis, tu ne vois rien à part le goal fluo. Puis tu comprends que tu n'es pas là pour regarder. Tu es là pour reprendre le chant des supporters. La chorale des garçons sauvages.

Au cimetière chacun a son *oikos*. Chacun a sa maison. Une tombe-tonnelle avec une croix plantée dans la rocaille. Et un paysage peint en toile de fond. Tout est taillé dans le marbre jusqu'à la plus fine moustache de maréchal-sergent. Un groupe d'enfants, fauchés dans la fleur, se tient en équilibre sur la dalle glissante. Et toi aussi Maman tu rentreras bientôt dans l'économie des morts ! Toi aussi tu auras ta maison. Je t'en fais ici la promesse. Comme les jeunes Spartiates. Ce sera la victoire ou les pieds devant.

*

Fuyant le soleil de midi tu trouves refuge dans un café sous les arcades éclairées au néon. Et c'est là, hors de l'été, que tu entends de nouveau Marika Gika. Celle qui chante le malheur de Smyrne avant qu'il n'arrive. *Si qu'tu m'aimes/n'est qu'un rêve aussi/alors j'préfère pas me réveiller/et dans le doux du matin/j'partirai avec le dieu joli.*

Et tu t'effondres un moment dans ton siège sous le ventilateur. Tu as vu Marika il y a dix ans, à New York 1927, dans son cabaret près de Pennsylvania Station. Elle était accompagnée par son mari, un joueur de cymbalum qu'on appelait Gus. Et tu avais oublié sa voix étrange de geisha yiddish qui se détache de la musique comme une figure de saint d'un fond doré.

Tu vomis la bourlingue et les bourlingueurs. Tu ne viens pas montrer tes muscles aux étrangers. Tu ne viens pas te confronter à d'autres colosses. C'est l'inverse avec toi. C'est toi qui dégustes. Tu es une Faiblesse de la Nature. Tout s'imprime brutalement en toi. À peine arrivé sur place tu te retournes comme un parapluie. Il suffit d'un coup de vent pour que tout ton intérieur s'expose. Comme tu veux voyager léger tu prends toujours avec toi le minimum de défense immunitaire. Tout t'impressionne alors et te ruine aussi.

Quand tu remontes ailleurs dans le passé ton épiderme est toujours en première ligne. Tu as le sentiment persistant que ton enveloppe corporelle rétrécit. Pas la masse de ton corps. Juste ta peau qui tire aux coudes. Au cou. Aux genoux. Tu voudrais modifier ton *body.* Trouver quelque chose qui aille mieux avec cet autre climat. Ça prend combien de temps au juste pour changer de métabolisme ? Plus longtemps qu'avant j'ai l'impression.

À force de pousser l'enveloppe tu l'as fait craquer. Ta peau tes muqueuses tes articulations. Et tu n'as plus sur toi tes pansements – si précieux ! – en soie d'araignée. Rien ne peut plus te guérir. Il n'y a plus de médecine. Que différents dosages de poison. Alors tu t'effondres Popeye comme une girafe frappée par la foudre.

Tu n'as pas besoin d'imagination. La peur la fatigue rendent déjà le réel assez glissant. Comme tu as la panique facile ton œil dérape sans cesse. Avec l'usure il s'enclenche constamment. Photo-fantasme à l'œil nu. Sans appareil. Tout ce qui passe et ne revient pas s'imprime en toi dans sa déformation native. Micro moue. Micro monstre. Mèche main. Boitier cafard. Coque incarnée. Ongle mobile.

Tu vois passer sur un plateau tournant des crèmes glacées. Des palmiers secs d'autoroute. Un tractopelle et son chauffeur. Des chapeaux cloche en feutre bordeaux.

Place Victoria une fille en robe lamée argent miroite dans ton unique cornée comme une girouette métallique. Un homme à la nuque rasée caresse sa femme comme un meuble. Un autre monumental est assis à son balcon. Il fume les cuisses ouvertes passées à travers la grille. Mais la rue est en pente et le balcon trop près du sol ruine sa pose sans qu'il s'en aperçoive.

Sur un scooter fendant la circulation un adolescent en tenue scolaire s'accroche d'une main à son père et mange de l'autre une pêche. Tu bouscules en te retournant un obèse cintré dans un costume fait main. Son ventre-cul est en bascule comme un Polichinelle.

Parfois tu te surprends à regarder les vieillards comme des pierres. Comme s'ils avaient quitté déjà le règne des vivants. Et que tu les faisais rouler au creux de ta main. Dans le creux de ta main tu observes le vieux portier bronzé du Grand Hôtel à la livrée vert pomme. La vieille femme en robe élastomère marron qui remonte la rue en plantant par à coup sa béquille dans le sol. L'autre qui marche les mains dans les poches de son survêt, les épaules rentrées, la tête penchée vers ses baskets. Le motard aux cheveux blancs sur sa cylindrée argentée qui roule tous les matins en bas de chez toi comme une Allégorie de la Mort. C'est à cause de Maman ?

*

À chaque fois que tu arrives dans une ville nouvelle, tu cherches les salles de cinéma comme les issues de secours dans un avion. Avant de t'installer cela te rassure d'identifier les lieux de projection. Très vite tu vas y perdre la journée.

Mais quand tu rentres le soir, *Mummy* posée sur la table, au milieu du salon, te regarde bizarrement avec ses yeux en bouton de culotte. Elle te renifle. Elle sent sur toi l'odeur du popcorn beurré. *Qu'est-ce que tu es allé faire ? Tu as encore traîné toute l'après-midi dans un multiplexe ? Tu crois que tu as le temps pour ça ? Tu n'as pas des réparations à faire plutôt ? Un peu de mécanique ? Tu ne vois pas que je me décompose tandis que tu te divertis ?*

Tu ne discutes pas avec l'Embaumée. Tu ne lui dis pas que sa décomposition a été savamment fixée par des mains expertes. Qu'il reste juste à lui trouver le bon mausolée. Tout ça c'est dans ta tête de toute façon. Mais la culpabilité te fait quand même changer tes habitudes. Pendant un temps tu sors le soir quand Maman est endormie. Tu vas au cinéma en plein air.

Mais ni l'horaire ni le lieu ne te conviennent. La nuit tu as bien assez de tes rêves. C'est le jour que tu as besoin d'un monde de substitution. Et la salle de plein air est plombée par son décorum. Les patrons, qui ont vu l'arrivée du parlant, croient encore au spectacle à l'ancienne. Comment leur faire comprendre que tu ne veux ni du Théâtre de Verdure, ni du ciel étoilé au-dessus de ta tête ?

Et rapidement tu retournes dans un mall de banlieue, au milieu de l'aprèm. Entre tous tu préfères les Multiplexes Village qui font deux-en-un : salles de cinéma et salles d'arcade. Pour parvenir jusqu'à l'écran tu dois passer au travers d'un paquet de joueurs hyperactifs. Au Village le cinéma est le dernier des jeux. Celui auquel on accède quand on est épuisé par tous les autres. Quand on ne peut plus que regarder.

Le dimanche après-midi, tu suis sur le parvis de la Mairie les matchs de cricket organisés par des Pakistanais. Et le lundi matin, les émeutes immobiles de mannequins à l'entrée de la boutique Import-Export Grèce-Chine. À aucun moment tu n'es à l'abri de pointes d'Antique qui te saisissent parfois comme des points de côté. Quand tu longes une réunion de policiers assis en cercle sous un olivier comme des philosophes. Ou quand tu es harponné par le chic pharaonique de jeunes barbus aux joues creusées dans des survêts un peu trop grands.

De loin tu vois briller l'enseigne électrique du Battlenet Arena et son slogan lumineux *Fight Your Own War*. Des nuages moutonneux rembourrent d'un coup la perspective. Du bras coupé de Constantin Canaris émerge un bout d'acier qui pointe encore vers l'horizon. Le marbre aussi est armé. Comme le béton.

Au début tu étais frappé par l'hostilité des parcs. Tant de jardins lépreux. De bosquets taillés à la tronçonneuse. C'est que les arbres athéniens refusent le parcage. Ils circulent plutôt en ville au milieu des passants. Ils se plantent directement dans les trottoirs. Tu te cognes souvent la tête à leurs branches basses. Tu les contournes au risque des voitures.

Les trottoirs sont d'abord pour les arbres. La ville cède face à l'anarchie des plantes. Et des rochers énormes bouleversent le plan d'occupation des sols. Près des grands boulevards des rues entières abandonnent chaque jour leur statut administratif et redeviennent de simples voies : pavées, plantées, piétonnières. Ponctuées de boules de pierre comme des allées de parc.

Parfois c'est tout un quartier qui devient végétal. Et c'est comme si tu avais trouvé les ruines d'une ancienne civilisation au milieu de la jungle. Les grandes maisons sont taguées du premier au dernier étage pour mieux se confondre avec les arbres. Et de ces façades peintes surgissent agiles des corps tatoués comme des passe-murailles.

*

Avant de partir tu remontes l'auvent de la façade. Tu déplies la capote du cabriolet. Et tu roules tes bras de chemise. Aujourd'hui tu montes dans un bus à impériale pour la visite guidée de la ville. Tu as choisi le circuit commercial.

Hello Everyone ! Gudentag ! Bonjour à tous ! J'espère que vous avez apprécié votre visite du souk. Nous allons quitter bientôt cette partie de la ville pour la Place Omonia et le Stade Olympique.

Saviez-vous qu'on avait prévu des grands magasins sur les grands boulevards mais que le souk s'est reconstruit en premier ? Il a battu de vitesse la planification germanique néo-classique de la ville.

Et même quand les grands magasins se sont construits le souk s'est encore glissé à l'intérieur. Le Hondos Center de la Place Omonia, devant lequel nous passons à présent, est un grand magasin sans doute. Mais on pourrait dire aussi méga souk non ? Ou bazar à étages.

Le Hondos Center est rempli de replis, de recoins. Il est frappé d'accumulation de marchandises. Les employés en sureffectif repoussent comme des rideaux de théâtre les grandes bâches en plastique qui séparent à peine les réserves des rayonnages.

Saviez-vous que vous avez la plus belle vue sur l'Acropole depuis sa cafétéria ? Il occupe en effet l'emplacement prévu pour le palais royal si on avait suivi la planification germanique néo-classique. Comme on ne l'a pas suivi, Athènes est une ville désaxée. Néo-classique et désaxée c'était votre sentiment ?

Nous quittons maintenant le centre d'Athènes pour le Stade Olympique. Comme vous le savez probablement, les Jeux de 2004 étaient le prétexte officiel pour aboutir à un autre objectif – la construction du Golden Hall.

Le Golden Hall c'est le vrai mall à la Dubaï avec des colonnes comme des pistons dorés et d'immenses miroirs en croix. On a tout dit du Golden Hall. Usine. Église. Palais du Reflet. Hall d'aéroport. Embarquement immédiat pour le commerce international.

Un mall si grand qu'il a mangé tous les grands magasins ! Dans le Golden Hall il arrive souvent d'être doublement perdu. Perdu dans les rayons d'un grand magasin perdu dans les couloirs d'un grand mall. Il n'est plus si facile de s'échapper quand on est enroulé dans tant de couches de marchandises. Et c'est à vous maintenant de relever le défi. Tout le monde descend ici. Au revoir ! Auf Wieder Sehen ! Goodbye ! Et à bientôt !

*

Les marchés de banlieue sont serrés entre les buildings. Ou suspendus au-dessus d'une quatre-voies. Tu y croises des vieilles dames dans des vestes à carreaux. Des vendeuses de légume à tête en gousse d'ail. Des coings et des kakis. Pas de panier en osier ici ni de cabas de couleur. Juste des petites cages en acier sur roulettes qui maintiennent enfermées compressées, à différents étages, les différents produits. Comme des prisons fillettes mais pour fruits et légumes. Un jour tu as vu un homme promener un pigeon dans une de ces cages. Les fruits (figues, raisins) qui disparaissent des rangées, reviennent asséchés quelques mois plus tard comme après une opération chirurgicale. Il y a tant de feuilles à l'étalage. Tant de salades. On a beau dire, on reste ruminant. Et la ville invente des pâturages au milieu des immeubles.

Partout tu croises des popes en bomber. Des popes en bleu de travail. Tu es entouré d'églises au toit rond pour un dieu moins vertical. À l'intérieur le verre des vitraux aussi est arrondi. Près de chez toi il y a une chapelle balnéaire construite au milieu de palmiers et de paillotes. On arrive jusqu'à l'autel par une tonnelle ombragée.

À l'intérieur tu es assis au milieu du doré. Les saints sortent de l'or comme du désert. La messe est un long chant sans interruption. Le fonctionnement de la liturgie est continu. Les gens entrent et sortent comme dans un moulin. Les prêtres officient derrière un mur recouvert d'icônes. Ils n'ont besoin de personne. Chœur invisible. Bourdon aigu. Ici le corps du Christ est brioché. Il nourrit vraiment.

Une église est collée contre un immeuble comme à son clocher. Une autre est rattachée au terrain de basket par un lien solide et administratif. *Association sportive et religieuse*. Chacune est livrée avec sa maquette. Réduction progressive du sacré. Même modèle mais en différentes tailles. Du XS au XL. De l'immense cathédrale à la niche de carrefour qui contient juste une bougie et une photo du mort.

Comme tu es nul en langue tu ne saisis pas encore le contenu des conversations. Mais tu commences à comprendre les enseignes des boutiques. Ta marche est scandée maintenant par le retour des mêmes mots. Des mêmes marques. Un jour enfin tu es rattrapé par une injonction commerciale. *Contre la toux c'est ce sirop-là!* La ville retombe dans la signification.

Le kaféneio est entièrement en *basement* comme un atelier de couture clandestin. Seule la fumée est en l'air. La couche artificielle de nuage arrive pile à hauteur du trottoir. Le patron a un klaxon pour marquer les interruptions officielles dans les parties de cartes. Tournée d'eau pour tout le monde! Tournée de carafes d'eau! Il remplit les verres en passant entre les tables.

La salle de gym brille de propreté. Elle est nettoyée par un factotum au crâne rasé, dont le corps est un œuf pris dans un T-shirt extra large qui lui descend jusqu'aux genoux. Il passe entre les sportifs habillés de voiles de flanelle pastel et ceux dressés comme à la plage de pans de coton fluo. En fin de journée il s'assoit parfois sur une machine à presse, bras et jambes écartés, comme un empereur romain au milieu d'une bacchanale.

Le marché couvert baigne dans une ambiance de mafia russe. Pour y entrer il faut cacher son visage sous un masque de porc. La viande dans les vitrines est électrique. Elle est présentée par bouts de corps à vendre sur-éclairés. Une fois que l'on a fait son choix, les morceaux sont découpés en tranches par la lame – longue comme le jour – des apprentis bouchers.

*

Tu passes à *La Belle Blouse, la boutique du jeune médecin,* pour trouver des idées de costume. Ce soir c'est *rooftop party.* Le toit terrasse est un parquet dansant. Et tu veux te noyer dans l'atmosphère de fête. Tu veux rire et chanter. Et oublier d'être un spectre transportant une momie. Quand tu arrives chez Giorgos éditeur, tu te glisses dans les pas d'un invité.

Hey Fat Face ! Hey Blue Eyes ! Xairete ! Xairete ! Come and join us ! Soyez le bienvenu à Athènes ! J'expliquais justement à mes amis le problème fondamental que j'ai, moi qui viens du Nord, avec notre capitale. Que voulez-vous ? Je n'y peux rien. À chaque fois que je passe sur une de ses grandes avenues, un frisson d'horreur me passe dans le dos. C'est ignoble ce fantasme de l'autre sur soi. Incorporé dans sa propre chair.

Cela me fait penser à ce film d'Hitchcock, vous savez, quand la fille accepte de se transformer entièrement parce que l'homme qu'elle aime lui demande de le faire. Oh refais moi la femme que j'aimais avant. Encore une fois. S'il te plaît encore une fois. Va dans la salle de bains et reviens avec ce petit tailleur vert que j'adore. Et mets tes cheveux comme je t'ai montré sur la photo. En chignon serré comme un con. Encore une fois.

Eh bien c'est ça qu'ont fait les Allemands à ce village byzantin, à ce village ottoman, qu'était Athènes. Et avec les Allemands les autres Européens. Vous voyez je ne dirais pas comme certains de mes compatriotes que le problème est d'avoir volé telle ou telle statue. Je dirais que le problème c'est de l'avoir déterrée. Trop d'étrangers sont venus fouiller sous les jupes des Grecs. Mettre leur tête entre nos cuisses. Et pour quoi faire mon dieu ? Pour retrouver leur petit berceau ! Leur roman des origines !

Bien sûr nous autres Grecs nous avons aussi notre part de responsabilité. Nous nous sommes pris au jeu de ce fantasme qui est devenu le nôtre au bout d'un moment. Nous avons succombé à cette Grande Idée. Nous qui nous appelions Roms depuis des siècles nous avons commencé à nous renommer Grecs. Et le singe aussi descend du singe c'est certain !

Si nous avions pu simplement nous appeler autrement… En faisant bouger un peu notre patronyme. Cela aurait permis d'éviter beaucoup de confusion. Je crois que vous autres Français parler de « feux grégeois ». Eh bien ça me va. Dites que je suis grégeois comme les feux !

Vous devez comprendre ceci. Le philhellénisme est un colonialisme de l'amour. *Et l'amour n'est-ce pas est plus froid que la mort. De ce point de vue, et pardon si je vous choque, mais Grèce/Algérie même combat ! Les architectes d'Athènes ont pris exemple sur la construction d'Alger vous savez ça non ?*

Tu aimerais bien suivre encore l'exposé de Giorgos mais tu te rappelles d'un coup que tu es venu pour danser. Et tu profites de la montée synchrone d'*I Found Love* de Rihanna pour t'élancer. Et comme tu danses maintenant au milieu des gens, comme au milieu de vieux amis, en passant invisible d'un groupe à l'autre, tu entends encore ici et là des bouts de conversation.

À quoi jouaient les dieux exactement ? Aux dés ? Au trictrac ? Au backgammon ? – Soyons prudents ! Et disons simplement que le Temps est un enfant qui joue en déplaçant les pions – Les komboloï d'ailleurs ne sont que des chapelets sans Christ et sans croix. Des formes vides comme des couteaux de Lichtenberg – Mais alors si ce sont des formes vides, que fait l'ouvrier qui assemble les perles ?

À la fin de la soirée tu es en nage. Un trait de khôl bave sous ton œil. Et tu te perds entre les langues. Tu demandes un lit pour deux atomes. Tu croques du chocolat aux amygdales. Et prisonnier volontaire de ta prose piétonne tu vois passer au loin des camions de métaphore.

*

Ta bouche disparaît dans ta barbe comme une grotte dans la végétation. Tout le bas de ton visage est une plantation. Avec le temps la solitude a poussé dense autour de toi. Elle t'entoure solidement. Quand tu essayes de voir ton visage il est effacé à la gomme. On dirait la face rongée d'une Cariatide. En pierre ponce. En marbre mousse.

C'est que tout s'imprime trop violemment en toi. Il faut bloquer les issues. Installer des pare-feu. Boucher les oreilles. Tu enroules une écharpe autour de ta tête et restes replié sous les couvertures jusqu'à la tombée du soir. Le réel est trop brillant. Trop vitreux. Trop éclaté. Tu n'en peux plus de vivre dans ce putain de kaléidoscope. C'est trop beau tout le temps. C'est pas bientôt fini tout ce spectacle ? Tout cet éparpillement ?

Tu manques de coffre. Cela nuit à ton physique. À ton psychique aussi. Depuis longtemps tu voudrais te construire un torse véritable. Et tu comptais encore sur ce dernier voyage pour te lancer dans une petite fabrique de pecs et d'abdos.

Mais ton corps te lâche au milieu de l'exercice. Tu saignes. Des stigmates du cul. Des menstrues merdeuses. Tu te débrouilles pour contacter en urgence le Service Assurance des Voyageurs. Coup de chance. Tu tombes sur le seul proctologue syrien, exerçant à Athènes, spécialiste des spectres. Tandis qu'il fouille dans ton derrière, tu regardes sur son bureau une photo de famille avec Yasser Arafat. Pour t'expliquer le traitement, il te dit que ton anus est construit comme une horloge. Comme un cadran. Et c'est l'heure de saigner ?

Affections rémanentes du cœur fantôme. Tu as toujours peur que ta mère s'inquiète pour toi. Elle a beau être morte, tu cherches encore à lui cacher la vérité sur ton état de santé. La nuit tu te dis aussi que si tu ne trouves rien d'autre, tu pourras toujours l'enfoncer ici. Dans ce cul béant. Toujours mieux que dans ton nombril. Maman est ta bouche de derrière. Tu es sa bouche de devant. La conversation a lieu à quatre pattes.

*

Quand tu t'es remis sur pied tu t'éloignes un temps du centre-ville. Tu vas dans les bordures. Dans les ourlets. Dans les collines. Tu habites quelques jours dans un chalet à flanc de coteau au milieu d'une allée de conifères. Le parc ici c'est moitié palmier moitié sapin. Tout un village est descendu d'un coup de la montagne pour se reconstituer à l'identique – ou presque – contre la capitale. Ne pas oublier que chaque ville est faite de l'arrière-pays. La ville est faite de la campagne, de la mer, des montagnes. Tu ne vois pas que ce quartier est une île ? Il se vide pendant les fêtes quand chacun reprend le bateau.

Tu te perds dans les banlieues nouvelles de l'amère nostalgie. Les banlieues des exilés d'Asie Mineure. Nea Philadelphia, Nea Ionia, Nea Smyrni. Nea Philadelphia est construit de manière parfaitement concentrique. On dirait un poing replié sur lui-même. Quand tu le traverses, tu sens la pression. Il est difficile d'en sortir. Tu notes aussi que les vieilles femmes, dans cette partie de la ville, sont bâties à partir de la perruque. Le reste du corps est plus flottant. Tient de la pièce rapportée.

Il ne sert à rien d'arriver héliporté dans les quartiers fortunés. La difficulté d'accès fait partie de l'expérience. Après des heures de carrefour et de quatre-voies sanguinaires tu arrives enfin à pied dans une enclave protégée. Tu viens à la découverte d'une espèce spécifique organisée autour du pouvoir d'achat. Toi qui n'es pas porphyrogénète, tu ressens fortement ce que génère dans l'espace public le triomphe de la propriété privée. L'hostilité constante des beaux quartiers.

Et l'accumulation de biens produit toute forme de laideur. Comme les riches ont les moyens de leur mauvais goût, ils l'étalent. Le construisent. L'inscrivent dans la durée. Leur souci de distinction les incite à faire pousser d'autres arbres d'autres luminaires. À Kiffisa on trouve des marronniers-lampadaires comme à Saint-Germain-des-Prés. Et le quartier de Psychico a la forme d'une gélule de Xanax.

De nouveau tu t'égares au Pirée port sans pareil. Ici le quadrillage Manhattan est très réussi. Il est au centre loin des bordures. Loin des marina-bunkers. Où les touristes enfermés dans des aquariums vont manger du poisson. Tu vois les ferries et les collines au bout des rues perpendiculaires. Tu remontes les avenues dans le sens du peigne. Rapidement tu es haut en CO2. À la tombée du jour tu atteins le désordre du promontoire. Une douceur sans fin règne sur les ruines d'immeuble. Et tu te dis que tu pourras facilement recréer chez toi une Impression du Pirée en sniffant du gros sel et un pot d'échappement.

*

Les jours se suivent. Et tu ne vois plus passer le vendeur de billets de loterie qui amène le destin au milieu des tables. Et tu n'entends plus les billes des komboloï qui rythment les conversations. Tu as achevé ton premier climat. Ta première saison. Tu as atteint l'orageux doux de novembre et les soleils laiteux. Maintenant tu cherches la lumière.

Les premiers nuages arrivent avec l'équinoxe quand la nuit gagne sur le jour. Au début le changement de saison est moins une affaire de température que de durée. Comme la nuit tombe à cinq heures il fait juste chaud moins longtemps. Mais tu rentres encore le soir en T-Shirt *This Is Sparta*.

Le doux automne dans la ville-verger est chargé de fleurs. Chargé de fruits. On dirait l'image inversée du printemps. Le climat ne fonctionne plus comme un cycle mais comme un pendule qui repart dans l'autre sens à la fin de l'été. Il n'y a plus rien de triste ni de tragique. C'est tout bon.

Tu avais à peine remarqué les orangers et les citronniers. Maintenant ils prennent du poids dans l'espace. De la charge chromatique. Ils imposent leur gamme vive contre le déclin fané des autres arbres. L'automne est leur printemps. Leur moment d'expansion. Ils marchent à contrecourant de la dépression saisonnière. Ils imposent leur contre-discours.

La nuit tu rêves de batailles d'agrumes dans les rues d'Athènes. Les assaillants en tenue camouflage se cachent sous les arbres qui leur livrent fraiches les munitions. Ils crient. *Pour Alexis Grigoropoulos !* Et tirent en cloche contre les forces de l'ordre. L'herbe se soulève. Elle est peuplée de chats. Il y a des panthères parmi les plantes ! Et les immeubles, les grands immeubles, sont rayés comme de vieux pyjamas.

Novembre est le moment de conjonction des machines. Aux terrasses des cafés les radiateurs viennent s'ajouter aux ventilateurs. Et pendant quelques semaines on joue avec les variations climatiques sous les parasols comme sous des dômes artificiels.

Les cinémas en plein air et les bars de plage sont désormais fermés. On range des pans entiers d'espace. On les met de côté pour quelques mois. On les oublie presque. Mais la logique des bars d'été perce encore dans les bars d'hiver. Il reste trop de cocktails alignés au comptoir. Trop de parquet dansant au sol. On devine facilement qu'il faudrait peu de chose pour que tout bascule en sens inverse.

Tu repasses parmi ces rues étroites, couvertes de frondaisons épaisses, dans lesquelles tu te réfugiais pendant les grosses chaleurs. Maintenant ce sont des vallées obscures, inadéquates, éclairées à l'électricité du matin au soir. De grands spots lumineux sont plantés entre les racines des pins. Et comme tu ne sais pas quoi faire, tu rentres plus tôt chez toi pour réparer le cabriolet.

*

Le soir de Noël, tu tombes sur une fanfare de guitares et d'accordéonistes qui avancent, sans cuivres ni tambour, guidés juste par un Christ électrique. Ils défilent dans le quartier et les habitants marchent derrière eux. Même les absents participent sur Face Time à la procession. Leur visage est brandi par des mains amicales au-dessus de la foule. Et tandis qu'ils passent dans les rues, les vieux et les malades se penchent aux balcons. Ensemble ils reprennent des airs tristes de Smyrne.

Tu imagines New York construite dans les ruines – dorées comme les blés – de York. Athènes est la Nouvelle Athènes et l'Ancienne aussi. Il manque quoi au milieu ? Un monde oublié ? Tu marches dans les ruines reconstruites et les bâtiments à moitié faits. Tout ici est à moitié fait. À moitié détruit. À moitié reconstruit. Ô Sainte Loi du Semi-Truit ! Tu marches dans le dégradé du bâti. Dans la ruine et le vivant. Dans les rues gorgées de métaphysiques d'Athènes. Tout passe ici et tout reste à la fois. Tout se construit dans son écroulement même.

Tu as vu des églises en béton à moitié peintes remplies de fidèles. Des immeubles inachevés dont la façade croulait déjà sous le lierre. Des hôtels sans portes et sans murs dont on avait allumé l'enseigne. *Welcome to the Byron Hotel ! Here we will do our best to be as transient as you*. Et tous les soirs quand tu descends ta merde dans un petit sac en plastique, à toi-même ton propre chien, tu marches sur la pulpe grise des oranges amères qui pourrissent au sol.

Un disque brisé

Tu ne sais plus qui t'a donné l'adresse de la maison. Ni la place exacte de l'armoire (dans la chambre au premier étage). Tu te souviens simplement des instructions. Taper trois fois sur le montant droit en répétant les coordonnées de ta destination. Puis ouvrir les battants et plonger d'un coup dans le meuble à travers les habits. Et tu ne comprends pas ce qui s'est passé après. Mais tu arrives étourdi à Istanbul 1959.

Et voici que tu es Zeki. Zeki le poulbot cireur de chaussure accroché d'une main au tramway. Zeki le jardinier en chapeau de paille et salopette. Zeki le vendeur de kebabs de la Mer de Marmara. Zeki le garagiste qui emmène quinze copains dans sa jeep. Zeki l'épicier qui chante pour vendre sa marchandise. Mais qui sait bien déjà que la seule marchandise c'est sa voix.

Car tu es le vrai Moineau des Faubourgs. Et ton talent est stupéfiant. Quand tu chantes le monde entier s'arrête. Les amoureux, les footballeurs, les policiers. Quand tu chantes l'orchestre est là. Il est inclus dans tes compositions. Et tout le monde l'entend. Tous les enfants du quartier. Tous les parents. Ils s'entassent sous ton balcon. Tu chantes et tu dodelines de la tête. Tu secoues ta pompadour. Et tu joins tes mains comme un Christ sur la poitrine.

En polo à manches courtes tu te bats pour l'honneur d'une jeune fille. À chaque fois tu l'aimes passionnément joue contre joue. Tu l'enlaces en rejetant la tête en arrière. Pourquoi alors ce sentiment, qui persiste, que les femmes restent avant tout pour toi des amies, des pianistes, des accompagnatrices ? Ce n'est pas ta faute tout de même si tu es plus joli que tes amoureuses. Et plus délicat. Ô le cassé du poignet quand tu jettes ta clope ! Ô tes sourcils dessinés ! Un jour tu deviendras blonde à ton tour. Avec l'arrivée de la couleur.

La vie est parfois douce Zeki. Et parfois non. Dans les bas-fonds les brigands mangent salement. Ils boivent à la bouteille. Parfois ils te cassent la gueule. Ils te secouent comme une poupée. Et tu pleures sur ton matelas à gros sanglots. Ta voix seule te sauve des coups. La modulation le tremblé le vibrato. Sans ta voix on t'enverrait des tomates. Sans ta voix on te volerait tes vêtements. Sans ta voix tu ferais le Gilles chez les forains.

Un matin tu es découvert. Toujours tu es découvert. Par un musicien de passage. Par une femme riche et héroïnomane. Et après quelques mois ton premier bienfaiteur te lâche. Mais tu en trouves vite un autre. Car tu marches maintenant vers ton destin. Et rien ne peut t'arrêter. Tu écris à ta mère malade que tout va bien. Dans ta lettre tu décris les villas modernes au bord du Bosphore. Les baignoires. Les ascenseurs. Les voitures américaines.

Tout est facile pour toi. Tu changes de classe en changeant de costume. En pliant juste un foulard dans un pull en V. On ne peut rien contre ça. L'élégance naturelle. Personne ne porte le smoking comme toi. Même quand tu sautes en parachute. C'est ton premier changement. Et aussitôt ton corps nouveau est enregistré, retransmis, reproduit, affiché. Tu es transporté partout par les rails et la radio.

Quand tu chantes à la radio tu chantes dans tous les salons, toutes les prisons, tous les bistrots. Quand tu chantes à la radio, ton corps se détache progressivement de toi. Il flotte en surimpression sur la Ville. Maintenant tu changes tous les jours de costume. Pour chaque couverture de magazine. Pour chaque pochette de disque.

Il te suffit de passer derrière une colonne et tu ressors – magie de la coupe – dans un nouveau vêtement. Tu échanges ton vison en mohair contre un boléro en diamants et sa cravate texane. Tu échanges ta stambouline fanée contre un perfecto en pierres de corail. En écailles de serpent. En plumes d'oiseau.

Et tandis que tu passes à travers tout le pays d'une scène à l'autre – un soir tu joues le pâtre, un soir le sultan – tu continues sans cesse de chanter. Et ta voix fait toujours merveille. Elle fait tourner les lustres. Elle fait marcher les tétraplégiques. Elle calme les chevaux emballés.

Un soir pourtant c'est l'accident. Ou la vengeance d'un imprésario. Et tu perds ta voix. Ou tu perds la vue. Et tu disparais brusquement dans les fondus enchaînés. Tu retombes dans les filets de pêche. Tu t'écroules à la mosquée. Des larmes roses de glycérine coulent sur tes joues. Comment te relever après ça ? Comment recommencer ? La plupart du temps tu préfères plonger un couteau neuf dans ton ventre. Ou te jeter sous les roues d'un tramway. Et parfois une amoureuse arrive à temps pour te sauver. Et parfois pas.

Oneiro hot show

Tu trafiques cinq minutes une cabine téléphonique. Et quand tu tapes après ton numéro, tu es aspiré d'un coup dans le combiné, tu circules signal électrique dans les fils et tu ressors, un peu défait, d'une autre cabine dans un autre pays à une autre époque. Souvent tu t'égares dans le réseau ou tu échanges ta destination avec celle d'un autre. Mais parfois aussi tu arrives à bon port pour le prix d'un simple appel.

Pendant des dizaines d'années la combine a fonctionné avec ses hoquets et ses accrocs. Mais depuis que le nombre des cabines a chuté, au point presque de disparaître, la pratique a quasiment cessé. C'est plutôt difficile à admettre mais le voyage spatio-temporel est comme tout autre type d'activité humaine – soumis aux évolutions de la technique. À l'instar du disque vinyle ou du pourpoint de flanelle, le VST par cabine téléphonique est désormais frappé d'obsolescence. Et son usage n'est maintenu vivant que par un fin réseau de *geeks* internationaux.

Refusant par principe l'attraction du vintage tu as essayé plusieurs fois de trouver une autre solution en sabotant par exemple des mobiles. Des Apple. Des Nokia. Des Samsung. Même des Blackberry ! Mais quelque chose ne marche pas avec les cellulaires. Où est le glitch ? Le passage par l'espace ? L'envoi par satellite ?

Quitte à passer par les espaces infinis, autant utiliser le réseau des chapelles votives, te signale Sœur Alfred qui est de retour sans que tu l'aies cette fois convoquée.

Comme tu es toujours fâché de sa dernière intervention, tu as du mal d'abord à l'écouter. Mais tu dois bien admettre que ce n'est pas une mauvaise idée. Tu as souvent remarqué, lors de tes voyages en Grèce, ces cabines individuelles de dévotion. Ouvertes 24/24. Collées à côté des églises ou près des carrefours. Micro bureau chargé d'images et de cierges. Cellules de communication avec le Très Haut.

Si ça t'intéresse, dit Alfred, elle peut te mettre en contact avec un Saint Intercesseur. Et c'est comme ça que tu es reparti un matin de décembre via Saint-Georges et le Dragon.

À mi-parcours cependant une interférence brutale modifie ta destination. Encore un incident qui vient confirmer ton impression. Dans cette histoire Popeye + Maman les Cieux sont contre toi. Ils empêchent le succès de ton entreprise. Tu n'es pas sûr de la Puissance Supraterrestre que tu as offensée – Lare du Mans ? – mais son action du moins est perceptible. Comment expliquer sinon ces échecs à répétition ?

Tu débarques alors sans savoir pourquoi à la fin des années 90 en Macédoine. Tu tombes du ciel en petits paquets avec les flocons de neige. Et tandis que tu tombes tu vois la campagne chenue. Les parcelles de toundra.

Entre les nuages tu vois d'autres Grèce éclatées, fragmentaires, inconnues. Des Grèce slaves, bulgares, turques. Des Grèce serbes, juives, balkaniques. Des Grèce du Nord autant que tu veux.

À peine as-tu posé le pied à Salonique 1997 que tu es repris en main par une équipe en maillots bleu-blanc à lunettes infra-rouges. C'est la Confrérie locale des Voyageurs. Ils t'accueillent à la sortie de la chapelle avec un pot de yaourt. *Bienvenue dans le bassin historique de la civilisation hellénico-chrétienne. Bienvenue dans le stade du christianisme. Alors première impression – fier de faire partie de la team Mère de Dieu ?*

Ah pardon mais ce n'est pas bien du tout cet embonpoint. Il va falloir vous secouer ! La Théophanie est dans quinze jours vous savez. Et vous devez être en forme si vous voulez plonger dans la baie et avoir une chance d'embrasser le premier la Croix du Christ. C'est la petite compensation qu'on vous demande pour le service de transport. Sœur Adonis ne vous avait pas prévenu ? Vous avez pris un maillot quand même ?

Tu expliques qu'il y a eu une erreur de livraison. Tu n'es pas le champion qu'ils attendaient. Toi tu devais aller à Nicosie 1979. Pas à Salonique 1997. Et sans plus traîner tu dis adieu à ton comité d'accueil.

*

Une fois seul tu reprends tout depuis le début. Tu recommences ton arrivée. Tu es où ? Dans le grand bazar des civilisations. Gaz à tous les étages. Ici on construit des ruines dans les HLM. Et inversement. Et ce n'est plus du marbre blanc mais de la petite brique rouge.

La brique est partout. La ville est emmêlée de médiéval. Elle expose ses entrailles archéologiques à l'air libre au milieu des rues. Ou sous-verre dans le sous-sol des magasins. Tu es en train d'écouter le nouveau CD single des

Spice Girls et tu lévites en même temps au-dessus des restes d'un ancien monastère.

Attention à ne pas déraper ! Si tu manques une marche, si tu tombes d'un étage, tu as vite fait de te retrouver au VIIe siècle. Et après comment tu fais pour revenir à la surface ? Comment réintégrer le monde contemporain ? Tu as peur, si tu dérapes, de finir ta vie dans l'Empire Byzantin.

Plus tu avances plus tu es pris dans les strates de sacré. La logique c'est qu'il n'y en a jamais assez. On peut toujours en rajouter. On peut toujours ajouter une église à une autre église. Pourvu qu'elle soit d'une autre forme. À côté de l'ancienne Rotonde tu peux placer une chapelle pointue. En panneaux de bois et de verres colorés comme une datcha. Comme une serre des steppes. Tu te dis. C'est à cause des reliques – plus sensibles que les orchidées – qu'il faut conserver à température constante.

C'est Noël encore et les cantiques sont repris partout par la foule comme des chants de supporters. On organise des tas de grillades contre le mur des couvents. À l'abri du sanctuaire on se fait un barbecue. Entre la barre d'immeuble et son bloc-chapelle légèrement détaché.

Comme tu descends dans une grotte de centre-ville, dans une église à ciel ouvert, tu évites de peu un pope en béquilles qui sautille en remontant. Il lève d'un coup sa béquille comme un bâton d'Aïkido. On dirait qu'il veut chasser ton fantôme. Et t'empêcher d'approcher l'icône souterraine. Ô fleur de bouche à deux pétales ! Quand tu embrasses une image tu participes au divin. Mais pour que ça fonctionne, il faut y aller franchement. Il faut baiser l'icône. Tu es prêt à essayer.

Tu as vite compris qu'il ne fallait pas se laisser tromper par le plan apparent en échiquier de la ville. Le quadrillage ici est un leurre. Tu découvres qu'on peut se perdre dans un rectangle. Non seulement parce qu'il se défait aussitôt que tu montes vers la Ville Haute, vers la montagne, comme une peau de serpent mal ajustée. Mais parce qu'il n'existe vraiment nulle part. Les grandes artères sont partout percées de galeries annexes, de ruelles intermédiaires, de possibilités de tangente. L'indiscipline de la ville ancienne refait surface sous les règles de la ville nouvelle.

Et tout homme ici a droit à sa statue. Pas que les Héros et les Métropolites. Pas juste Alexandre Le Grand. Mais aussi Dimitri Le Petit. Rocco et ses frères. Hannah et ses sœurs. Tu marches sans cesse parmi des bustes disproportionnés (gros socle, petite tête). Ou réarrangés selon les saisons (Olga à la guirlande électrique, naïade à sec recouverte de feuilles).

Quand les bonhommes de neige viennent doubler le peuple des statues, le seuil (maximum, tolérable) d'effigies par habitant est alors atteint.

Même la mer est historique. Même la mer est en pagaille. Assis sur un banc tu regardes passer une flotte anachronique de pagode-bar et de porte-conteneurs. De plateforme pétrolière et de galion-café. De trirème-nightclub et d'usines flottantes. Voilà donc ce que c'est qu'une vraie ville touristique portuaire industrielle. L'horizon est une vitre sale où s'inscriventles rayons du soleil. Les grues et les bateaux sont pris dans l'horizon comme dans un verre épais. Tu te dis. *Bienvenue dans l'Union Soviétique des Mers du Sud. Bienvenue dans l'Hellas Boréale.*

Les gens sont de sortie. Tu baignes dans la foule et la lumière. Le bruit des conversations occupe les rues comme une brume compacte qu'on a du mal à traverser. Les bars fumeurs dans les rues fumeuses. Des lieux assez petits pour se remplir en un instant. Au moment du coup de feu. Et tout ici est sous-éclairé. Les cafés sont pleins de visages perdus dans l'obscurité qui ne sont visibles que par leur vis-à-vis.

Bien sûr, quand tu construis une ville au bord de l'absolu, le risque est que les gens quittent leur foyer, abandonnent leur profession, pour aller s'engluer sur le front de mer. Dans la lumière du couchant. Comment résoudre le problème du front du mer ? Comment combattre l'attraction irrépressible du duvet rose vert jaune bleu ? D'autant que la lumière du front de mer est comme une vague. Elle enjambe les premières rangées d'immeubles. Elle déborde dans les rues. Elle rentre dans les terres. Elle appelle les passants. Elle vient les chercher chez eux.

Tandis que dans les bois maritimes s'exercent de braves fil-de-féristes, des pitbulls mélancoliques traînent leur solitude sur de grands toits terrasses. En montagne, dans les hauteurs, on construit sa maison contre les fortifications. Entre le jardin à bière et le parc à chiens. On n'hésite pas à s'établir contre tout monument historique parce qu'on connait ici la ruine heureuse, utile. Celle qui sert de pierre à retailler pour d'autres chantiers. De matériau gratuit pour des vies nouvelles. Tu ouvres une porte en PVC dans la muraille. Tu scotches ton nom sur du papier kraft. Et après le plat de calamars tu enfonces dans le béton frais, près du buzzer, une conque de coquillage.

Les voitures sont garées dans des maisons en ruine. Elles attendent leur chauffeur dans l'ancienne cuisine. Ou dans l'ancien salon. Face à des fresques de ciel à demi effacées. Comme dans d'antiques *drive-in*.

✶

L'hiver invente de nouveaux bâtiments. Des dômes rouges devenus blancs. Des palmiers givrés comme des citrons. Brusquement tu découvres que les maisons ont des pots d'échappement comme les voitures. Par grand froid on ressort les tenues paramilitaires. On est prêt à combattre le climat à grands coups de tatane. Le froid déclenche la guerre. Les batailles de boules de neige. On dévale les pentes en luge. On lance des opération commando.

Un père tient son bébé en combi blanche dans les airs comme un cosmonaute. Deux boules de doudoune noire foncent sur un seul scooter tandis qu'un mince soleil blanc descend sur les fortifications. Un vrai couchant de supermarché éclairé au néon. Le tronc coupé de l'arbre est posé au sol comme un canon. Un petit chien saute la bordure enneigée du trottoir avec le zèle d'un cheval de compétition. Mais personne ne s'arrête pour le féliciter.

Soirée sur le chantier entouré de préfabs. Danses balkaniques pour tous. Bottes minijupes et manteaux de vison. De petits molosses aux pattes déjà adultes sont posés près de toi comme des chiens de porcelaine. Le barbecue grésille dans l'entrepont. Tu reprends du salep avec des mignardises. Du dessert avec le dessert. Tu plonges ta face dans la fourrure rose de la barbe à papa. Une femme à tes côtés reçoit un bouquet de fleurs qui éclosent pile quand elle les prend dans ses bras. Ce soir tu es heureux Pinocchio comme une souris dans un parmesan.

Tu as sorti ta mère de ta poche. Tu l'as posée sur ton épaule pour qu'elle prenne un peu l'air du large. Quand tu marches trop vite elle s'agrippe (on dirait) à tes cheveux. De loin tu vois briller l'enseigne électrique du Toys « R » Us et son slogan lumineux *Life is a Game*. Ton aventure à toi s'écrit depuis le fond de l'air. À même le paysage. Quand les nuages s'écartent. Et que le ciel s'ouvre par le milieu au-dessus de l'agora. Il suffit juste que tu retrouves ton Tardis.

Assis sur un banc du front de mer tu manges un fallafel comme un diplodocus. En plongeant directement ta tête entre les pans ouverts de la pita. Et tu suis d'un œil la joggeuse matinale qui s'éloigne. Le balancement régulier de sa queue de cheval.

Les pêcheurs tirent sur la ligne de leur canne à pêche. Par petits coups secs sur le côté comme des golfeurs indécis. Parfois ils récupèrent leur prix. Le poisson au mercure qui se tortille à leurs pieds et meurt sur le dallage tandis que flânent les promeneurs indifférents.

En regardant autour de toi tu remarques. Si tu répètes sur trop de jetée une personne par banc l'impression d'infini s'abime. Elle se fend en deux. Mauvais infini. Bon infini. Mon cœur à la chaîne est rempli de rayons.

Tu apprécies ici l'hyperspécialisation des bars. En principe tout est simple : un bar, une boisson. Tu sais exactement ce qu'on va te servir si tu vas dans une *ouzerie*. Même pas la peine de commander. Bien sûr au fil du temps tout se détend. Le menu s'élargit. La palette des possibles. Mais le nom reste tel qu'en lui-même. Même chose pour les pâtisseries. À chaque dessert son enseigne spécifique. Et au Café Karma ? Au Café Karma on lit l'avenir dans ta tasse de café.

Entre le port et la gare il y a le mall, les bordels et les magasins chinois de vente en gros. Tu t'arrêtes toujours devant la façade éteinte du *Oneiro hot show*. Hey pour toi aussi le rêve est un spectacle chaud ! Le cinéma porno est situé un peu plus loin. Au bout de l'allée. Après le surplus américain. Le sexe après l'armée.

Et dans la gare il y a encore une chapelle couverte de dorures. Et un bistrot où traînent les chiens les plus pauvres de la ville. Ô Saint-Bernard pouilleux, aux yeux vitreux, frappés par la cataracte, qui pourras-tu guider bientôt quand sera achevée – catastrophe – l'opacification de ton cristallin ?

*

Pendant le voyage tout va bien. Tu te promènes comme un miroir le long du chemin. Mais à chaque nouveau retour tu as plus de difficulté à te réinsérer dans la vie courante. Quand tu étais plus jeune tu alternais sans problèmes l'existence collective dans le Monde Présent et les séjours solitaires dans l'Étranger Passé. Maintenant c'est plus difficile. Même quand tu es de retour pour quelques semaines tu as du mal à parler aux gens. Tu restes obstinément à distance à les regarder pousser comme des plantes figées dans leur environnement. Depuis quand tu n'es plus sorti de ta cave ? Depuis combien de jours ? Depuis combien d'années ?

Dans sa lettre aux habitants de Salonique Saint-Paul annonce que le Jour du Seigneur viendra sans invitation – comme un voleur dans la nuit. Et tu apprends aussi dans un podcast maronite que seul un homme-dieu peut marcher sur l'eau. Car il faut être un homme pour marcher et un dieu pour le faire sur l'eau. Et c'est pourquoi le miracle du Lac de Tibériade révèle, plus qu'aucun autre, la vraie nature du Christ. Voleur Nyctalope Amphibie. Ton scaphandre à toi est en coque de crabe. Et tu parcours les océans à cheval sur un hippocampe.

Tu dis. *Fini de rire !* Mais tu continues de rigoler. Tu as perdu ton appétit. Et tu l'as retrouvé ailleurs à d'autres horaires. Maintenant tu déjeunes comme un prince au milieu de l'après-midi. Tu as remarqué. À Salonique 97 quand tu t'assois seul à une table, les serveurs amènent toujours une carafe et deux verres d'eau. Ils espèrent toujours que quelqu'un d'autre va arriver. Quant à tes voisins pompistes, ils font pousser de la vigne dans leur station-service. Sur les photos, au-dessus de la caisse, on les voit offrir à leurs clients des grappes de raisins gros comme des pommes.

Tu as quoi dans la poche qui te pique ? C'est oursin ou hérisson ? Tu traverses une brusque phase de dépression respiratoire. Tu as l'impression d'être pris dans un cyclone sans œil. Une tempête pleine. C'est la décolo. Ça t'a foutu la tête en l'air. Tout ça pour une coupe manga dont tu t'es déjà lassé. Tes racines blondes repoussent sous le violet. Et tu ne sais plus quoi faire. Tu décides alors que c'est le bon moment pour assister à une démonstration d'épluche-légumes en bord de mer. Et juste quand tu arrives, comme tu mets le pied sur le quai, les nuages étalent d'un coup de sopalin le jaune d'œuf du couchant.

Une couche de nuages recouvre d'un coup tout le Golfe Thermaïque. Comme une nappe déployée sur une table à manger. C'est la nappe des mauvais jours. La brume des mers devient la brume des campagnes en traversant la route. Dès qu'elle quitte la falaise et s'étale dans les champs. Tu croises un ancien capitaine de vaisseau habillé en *gentleman farmer*. Il remonte le long de la quatre-voies en tirant tristement sur sa pipe. Le petit port merdeux au bout de la baie te rappelle un coin similaire à City Island en 1999. Ton dernier voyage dans le Monde Présent. Si tu distingues à peine les avirons, tu entends très bien les consignes du coach depuis le zodiac.

Cabane d'affût en bordure de collège. Tête de cerf sur serviette de plage. Massacre éponge. En ville aussi la chasse continue. Tu ne vas pas raconter toutes les péripéties. Ceux qui veulent vraiment savoir n'ont qu'à pousser la porte blanche à poignée dorée. Ou demander à la pythie qui est dans les escaliers. Féérie de banlieue. Tu t'endors près d'un jet d'eau planté entre deux immeubles. Et tu rêves.

Dès le berceau on te couvre de peaux. Première dent, premier blouson. Les chaînes en or viennent juste après. Avec les gants en cuir et les poches kangourou. Ta gouvernante malgache t'apprend à écouter avec la bouche comme les grenouilles Gardiner. Mais attention à l'effondrement ! Gare à la chute !

Des années après la Ruine du Royaume, tu te laisses couler dans les canapés de l'Esco Bar. Et des serveuses se relaient à tes côtés pour te caresser les épaules. Pour te retrousser les manches. L'eau monte rapidement. La ville est à ras bord. Au loin tu vois un joggeur fluo qui se noie dans l'écume. Et personne pour lui porter secours.

L'hiver est revenu trois jours. Et trois jours tu t'es retrouvé – comme au fond d'un temple antique – dans un grand café mal chauffé aux colonnes de marbre vert et rose. Et tu as bu des litres de lyrisme. Un jour de plus et tu étais pareil à la grande Sappho. Dans le miroir du fond ton visage n'existe pas. On dirait un de ces faux profonds inventés par un algorithme farceur.

En t'éloignant du centre-ville tu repères des points circonspects de bidonville. Des touches de taudis entre les bâtiments. Des marchés misérables où on trouve n'importe quoi. Six tenues de ballerine accrochées par des cintres à une barre métallique. Tout un corps de ballet sans personne dedans.

*

Le soir tombe sur la place Aristote qui la première allume la guirlande de l'horizon. C'est le moment du vendeur de roses. Du vieillard en pyjama doré. De l'aveugle qui sort du Café Balkan en tapotant du bout de sa canne sur les tables en marbre ovale. Son chien l'attend à l'entrée les pattes croisées comme une Dame à la Fourrure.

À Salonique 97 tu as appris qu'il faut fêter les fêtes. Organiser sa vie autour des cérémonies. Construire des cerfs-volants et se fabriquer des costumes. Lundi Pur. Pocahontas. Jeudi Gras. Super Mario. Le calendrier défile. À la plus petite des fêtes chaque magasin sort sa grillade et sa sono. Barbecue du libraire. Barbecue de la solderie. Barbecue des cosmétiques. Avec le *pack gloss/lipstick* vous reprendrez bien un peu de poivron et une brochette d'agneau ?

Tu as longtemps cru que deux fêtes nationales c'était une de trop. Que seul un pays inquiet maladivement de son identité avait besoin de se répéter ainsi à lui-même le principe de son unité. Tu n'avais pas encore saisi le génie saisonnier de la répétition. C'est que la grande nation hellénico-chrétienne n'est pas une abstraction pure fixée dans le Ciel des Idées. C'est une plante plutôt, un animal, qui s'endort à l'automne et renait au printemps. Et comme il ne peut y avoir de fête de Noël sans fête de Pâques, il ne peut y avoir de 28 octobre sans 25 mars.

Tu as compris aussi que tout doit partir de l'église. Car le patriarche peut seul enchaîner, à la fin de la messe, cantiques et chants patriotiques – en changeant simplement d'octave. L'armée attend à la sortie. Le Christ est national. Et avec lui le Saint-Esprit. *Hellas ! Hellas ! Makedonia !*

Et c'est reparti pour un cortège d'enfants. Tu as promis cette fois de faire un effort. Tu te dis. Les défilés d'ados sont avant tout des défilés de morphologies. Ils varient de l'épaté au filiforme. *BRRRAVO PAIDIA ! BRRRAVO !* À qui appartient le chien fou, le boxer sans despote, qui court entre les rangées ? Viennent ensuite les costumes folkloriques. Les foulards les fichus les pompons. Les coiffes fourrées. Les chapeaux plats. Les colliers en or. Les taffetas. Les cruches posées sur l'épaule. Puis les militaires en tenue de camouflage. Puis les secours maritimes en combi de plongé. On défile en palme ici comme en talon.

*

La Rotonde est juste en bas de chez toi. Tous les jours tu la regardes tourner sur elle-même comme un manège de pierres. Suivant la date église musée mosquée. Tombeau d'Empereur. Salle de bal du Sultan. Mais aujourd'hui, c'est décidé, tu passes le guichet. Tu entres dedans. Et le temps que tu descendes l'escalier, avant même que tu puisses voir le bâtiment, il t'embrasse déjà de tout côté. Et tu réalises que le dôme est plus haut que tu aurais cru depuis la fenêtre.

Tu circules dans le rond. Parmi les panoramas. Sur une vidéo pédagogique tu vois les paupières fardées de vert des Saints Patrons. Leurs oreilles pointues en carreaux de céramique. Si les échafaudages de la réfection étaient encore installés, tu pourrais courir dans les hauteurs comme dans un stade au milieu des architectures peintes. Sous la fresque apparaissent parfois les cernes concentriques de la pierre. Comme dans une coupe de séquoia. Et tu te demandes s'ils permettent aussi de trouver l'âge du bâtiment.

Les premiers jours de beau temps tu découvres enfin la clôture aquatique. En effet ce n'est pas que par temps sec, quand le soleil éclaire les montagnes par derrière, que la baie se referme véritablement. Sans doute possible ni discussion. La reste du temps la situation est plus trouble. Salonique est une ville ouverte-fermée par intermission. Et tu aimerais savoir ce qu'en pensent les réfugiés de la Mer du Nord. Ils en disent quoi exactement les Pontiques du Pont-Euxin de ce tour trompeur du faux horizon ?

La presque mer de Salonique est fermée sur les bords. Et c'est pourquoi elle réfléchit comme un lac. Tu te souviens de la première fois que tu as vu le sommet enneigé de l'Olympe au bout de l'avenue Venizelou. Tu as oublié la Grèce un moment. Tu as oublié la Méditerranée pour te retrouver en Suisse. Quelque part dans les Grisons. Même la brume ici est brillante. C'est la lumière glaireuse du presque lac. Du lac-mer scintillant. Si tu vis ici assez longtemps, tu comprends mieux la situation. La mer est ton lac.

*

Tu as du mal à le reconnaître d'abord sans son poids ni sa barbe ni ses lunettes. Pourtant tu es vite convaincu. C'est bien le même homme, le même Giorgos, que tu as rencontré il y a quelques mois, à Athènes 2011. Malgré les années en moins quelque chose n'a pas changé dans sa voix et dans son français. Ses techniques d'argumentation sont encore un peu scolaires et documentées. Mais ce n'est pas gênant puisque tu sais déjà le relâchement que vont causer quinze années supplémentaires de dispute et d'alcool. Et le tour personnel est déjà là.

Quand tu le remarques, assis à la table à côté de la tienne, il est en train de démontrer à une étudiante parisienne qu'elle n'a rien vu à Salonique.

Bien sûr c'est toujours mieux ici qu'à Athènes. Au moins ici tu sais que nous avons été Byzantins ! Que nous ne sommes pas tombés directement de l'Antique comme des pommes de marbre. Mais c'est comme si tu le savais un peu trop n'est-ce pas. C'est un peu souligné partout dans la ville. Toutes ces fortifications. Toutes ces églises médiévales. Cela comprime ton cerveau dans tant de ruines déjà que jamais tu ne penserais à demander d'autres comptes *au passé.*

Et pourtant tu devrais le faire. Car c'est ce que tu ne vois pas qui compte ici. Je ne te parle pas des minarets détruits. Je ne te parle pas des musulmans. Mais la ville juive ottomane de la fin du XIXe*, elle est où d'après toi ? Dans trois pauvres villas de la côte c'est tout ? Et ça ne te surprend pas ? Et tu penses que ce sont les nazis qui sont responsables de cette disparition ?*

Mais avant les nazis, ma petite amie, il y a eu le pogrom de Campbell de 1931. Et l'échange de population de 1922. Et l'incendie de 1917. Et l'annexion à la Grèce de 1912. Et il a bien fallu tout ce processus pour effacer du sol la Jérusalem des Balkans. *Pour faire de la* Ville-mère en Israël *une vraie cité grecque. Car c'était bien cela l'enjeu. Pour parfaire le roman national, il fallait à tout prix recoller 1826 et 1912. Quitte à oublier au passage les Romaniotes, les Séfarades et les Francos. Les Behor, les Aron et les Hayim. Les Allatini et les Morpurgo. Tout le petit peuple juif des marchés et toute la haute société des bals de l'Olympia.*

Bien sûr ce sont les nazis qui ont exterminé les 50 000 juifs qui vivaient encore à Salonique au début de la guerre. Mais tu veux qu'on parle des conditions du retour ? Et quand les Allemands ont détruit le cimetière hébraïque, ils n'ont jamais fait qu'accomplir un vieux projet d'agrandissement de l'Université. Et c'est ce cimetière effacé, mon cher ange, que tu n'as pas vu chaque jour *en te rendant à la fac.*

*

Tu ne connaissais que les cierges athéniens qu'on achète sur le chemin de l'église à des immigrés qui suivent d'autres rites. Lumières discrètes, économes, avec leur tasse en plastique à mi-hauteur pour recueillir leur propre cire. Tu ne savais pas encore ce que pouvait un cierge.

À Salonique 97 les cierges sont habillés comme des poupées. Comme des ballerines. Ils sont noués dans des voiles de tulle. Dressés comme des joueurs de foot, aux couleurs du club, du PAOK ou de l'ARIS. Attention au Derby des Lumières ! Il y a des cierges-lapins et des cierges-grenouilles. Des cierges-Mickey et des cierges-Blanche-Neige. Des cierges épais comme des pains. Fins comme des fils. Suspendus à des présentoirs ou enfermés dans des cartons comme des vampires. Et tous vont brûler ce soir pour le Retour du Christ.

Pendant le weekend de Pâques les églises sont des cloches. Elles sonnent toute la journée. Et pendant toute la journée, tu es venu chercher des pétales bénis, rouges et blancs, pour les jeter le soir du haut des balcons. Tu n'aurais jamais cru qu'il manquait encore, en plus de l'or, la décoration des fleurs. Et plus jeune tu aurais été sans doute charmé par ce dernier ajout. Mais dans la vie en général tu n'es plus ravi par la réalité des fleurs. Tu attends plutôt les feuilles. Tu veux l'ombre directement. Ça ne t'a pas empêché de marcher à quatre pattes sous l'autel pour embrasser la croix. Pour embrasser l'icône. Tu essayes à chaque fois. Il y a tant de passage aujourd'hui qu'une femme de ménage vient nettoyer la vitre toutes les minutes. D'un coup sévère de chiffon elle efface la masse des baisers par mesure prophylactique.

Le soir tu avances encore à l'oreille. Car c'est la messe qui est diffusée maintenant à l'extérieur sur haut-parleur. À l'intérieur la circulation est constante. Sur les grands fauteuils en bois collés contre les murs sont assis des vieillards en cours de béatification. Ils se confondent déjà avec la batterie des Saints peints au-dessus de leur tête. Et le reste de la population n'arrête pas de se déplacer – ça bouge de partout – dans une série de plis et de replis, de balcons et de recoins. Quand ils apparaissent les popes eux-mêmes tournent autour de l'autel en l'aspergeant d'odeurs et d'eau bénite. Jusqu'à ce que l'un d'entre eux, propulsé par la force centrifuge, se détache brusquement, comme un satellite dans l'espace, pour asperger aussi la foule. Et quand la messe est dite, elle continue encore. Elle déborde sur la place. Dans les rues du quartier. Les corps d'armée et de police rejoignent la procession. Et avec la procession débutent les feux d'artifice. Pyrotechnie du sacré. Résurrection du Christ. Chaque année c'est le bouquet final.

Du jour au lendemain la nature revient en pleine forme. Tous ces espaces que tu pensais morts – morts par essence – et qui sont verts d'un coup. Ils abondent en hautes herbes. En nénuphars marguerites bambous coquelicots. Les trottoirs se recouvrent de pollen blanc qui colle à tes tennis. Tout est de sortie. Les feuilles des arbres. Les tables des cafés. Même les toits des supermarchés sont fleuris ! Et ce n'est pas seulement que le monde n'est plus hostile. C'est qu'il est doux.

Extra féérie

À peine es-tu rentré de Salonique 97 via Saints Cyrille et Méthode que tu fais la rencontre au café en bas de chez toi d'un mage arménien qui s'y connaît en voyageur. Tu lui parles de ton problème de transport. Il te propose une solution. À un moment donné, lors de son prochain spectacle, il va demander l'aide d'un membre du public. Et tu vas lever la main. Tu vas le rejoindre sur scène. Il va t'enfermer dans une malle à artifices et te faire disparaître sous les yeux du public. Il peut t'envoyer où tu veux.

Quand tu te lèves de ton siège, trois jours plus tard, et que tu remontes les travées du Peggy Sue, ton cœur bat à tout rompre. *Stage fright* ? Trac du débutant ? Après toutes ces aventures ? C'est imbécile mais à ce moment précis tu es certain que tu vas enfin toucher au but. Au lieu de cela tu voyages encore pendant des mois au cœur de la féérie.

Tu voyages en Eurasie. Chez les Byzomans. Loin du Saint-Empire Romain Germanique. Entre les continents. À l'endroit où les plaques s'éparpillent. Quand elles se fragmentent en une multitude d'îles. Là où la forteresse est friable. Le cercle baveux.

Tu t'enfonces dans le mou du monde. Tu marches sur des tapis de figues. Tu foules l'herbe pas plus verte de l'ailleurs. Ô l'humble palmier des campagnes ! Ô le palmier fermier !

Tu t'entoures d'or et d'icônes. De portes sublimes et de chrétiens d'orient. Tu cultives les sensations. Tu cherches à établir un contact. Tu cherches le local de l'étape. Un Temple de la Confrérie. Le rendez-vous secret des spectres voyageurs. Ou des ermites dendrites. Ou des derviches tourneurs.

Tu t'installes dans un port d'avant la Catastrophe. D'avant les incendies. Tu emménages dans le tiers-pays. Dans le monde perdu. Tu vis dans des sociétés concentriques organisées autour du tronc d'un arbre. Tu plantes ta tente sous les pilotis. Tu creuses ton lit dans la polychromie.

Tu t'incrustes sur le fond bleu de la mer. Attention au débord ! Attention au *blue spill* ! Tes cheveux brillent bizarrement. Ils trahissent encore par leur pointes dorées un défaut d'incorporation dans l'image de fond. Tu dois progresser dans la dissolution si tu veux vraiment t'intégrer. Tu restes encore trop tradi, trop catho, dans l'approche. Tu ne sais toujours pas baiser les icônes.

Tu voudrais perdre ton alphabet. Pas ta langue seulement. Mais tout ton alphabet. Tu voudrais effacer de ta main les caractères latins, redressés à la trique, pour écrire avec l'alphabet souple des Grecs. Toutes ces lettres molles, gonflées ou fondues au soleil, qui te glissent entre les doigts comme des spaghettis. Le cumul des voyelles est possible ici. Il est même conseillé. Il suffit d'ouvrir grand la bouche.

Mais tu sais bien qu'apprendre une langue c'est comme construire un barrage contre le Pacifique. Ton cerveau l'a fait une fois. Il ne peut plus le refaire. Tout tenir ensemble. Les règles la syntaxe les exceptions. Il ne peut plus lutter contre l'oubli. Ce que tu découvres d'un côté tu le perds de l'autre. C'est raté pour l'assimilation. Malgré tous tes efforts tu ne parviens pas à trouver de solution.

*

Tu débarques à Corfou. Tu débarques à Patras. Tu débarques à Cythère. À Héraklion tu tombes dans la gorge déployée du joueur de lyre Psarantonis. Psarantonis c'est le canari dans la mine. Le champion de l'excavation. Sa bouche est pleine de cailloux. Il attend toujours que ça s'effondre pour se mettre à chanter! À force de rater la cible tu perds tous tes repères. Tu t'égares de plus en plus. Tu t'enfonces dans la pampa. En plein dans le dépays.

Comme tu as fui tous les milieux tu es ton propre centre. Tu avances sans filet en essayant juste de ne pas profiter de la vie. Bientôt, avec un peu d'effort, tu n'existeras plus du tout comme sujet mais comme la simple somme de tes déplacements.

Et tu restes certain que si tu plonges assez profond, tu vas trouver une eau seconde. Dans le fond. Un deuxième horizon. Tu te dis. C'est là où tout commence. La deuxième immersion. Le voyage dans le voyage. L'écriture dans l'écriture. Les aventures de Popeye & Maman.

Tu traverses les larges plaines de Thrace qui sont couvertes d'immeubles identiques. De cages à lapin où ne vit aucun lapin sans doute mais des hommes qui se couvrent parfois de fourrure synthétique. Tu passes le Danube. La Vallée des Roses. La Chaîne des Balkans. Tu passes parmi les joncs et les torrents.

Les villes ici sont des cuvettes de chaleur. Elles sont marquées par le triomphe limitrophe du bronze. Tu entres par le Pont des Lions. Tu sors par le Pont des Aigles. Entre les deux tu vois tramways électriques et pissenlits. Soviets et Islam. Tours et forêts. Débit de boisson. Avis de décès. Brutalisme sauvage. Capitalisme à l'état de nature.

Des bouteilles d'alcool fort sont serrées dans des vitrines étroites le long des trottoirs. Et au carrefour, suspendus dans des lanternes opaques, des vigiles surveillent sans cesse la circulation.

Tu t'arrêtes dans une cathédrale toute en bosses. Toute en bulles. Construite à même le sol comme dix boules de glaces sans cône. À l'intérieur des dizaines de cierges électriques éclairent des tapis et trois rangées de sièges. Et tu ne sais jamais s'il faut s'asseoir ou s'agenouiller dans ces églises vides comme des mosquées.

Maintenant tu essayes de gagner un point d'eau. Mais les grands lacs bleus dessinés sur Google Map disparaissent quand tu t'approches. Asséchés depuis des années. Remplacés par des supermarchés. Tu décides alors de marcher droit vers la Mer Noire sans t'arrêter. Entre deux points distincts on peut toujours tendre une corde à linge.

Tu passes au milieu des cris de la foule en colère – *Moins de touristes* ! *Plus de tortues !* – pour arriver jusqu'à la plage. Et sur la plage tu vois des filles avec des oreilles de chat. Ou des bois de renne. Ou des ailerons de requin. Les garçons ont des camions à poignée pour faciliter le transport. Et des couples instables foncent à vive allure sur des trottinettes électriques. Ils trottinent sans remord dans le gris de la brume.

Tu es où exactement ? Et tu es quand ? Ton scaphandre a des ratés. Tu es ici-maintenant ? Ou là-autrefois ? Comme tous les matins tu descends le long de la Grande Avenue. À part que tu ne vois plus, au bout de la perspective, un pan de mer mais un flanc de montagne. Et c'est quoi ces pièces au creux de ta main ? Des Leves bulgares ? Des Denars macédoniens ? Des Euros grecs ? Des Lires turques ? Ton œil peine à suivre les monnaies polymorphes.

Pendant longtemps tu restes au bord de la ville. Au bord de l'Anatolie. Puis tu es rattrapé par la foule. La foule ici est l'unité de marche. Dans les rues. Sur les ponts. En compagnie des voitures. Tu marches parmi les animaux endormis. À côté des porte-faix et des vendeurs de popcorn. Les porte-faix tirent d'énormes sacs en toile de jute pleins de cannettes ou de cartons. Ils dorment dedans, couchés sur la marchandise, à l'ombre d'un minaret.

Les minarets sont comme des doigts levés qui te font signe de partout. Mais attention il n'y a pas que des mosquées par ici ! Il y a aussi d'autres lieux de culte. Si tu as plus de mal à les apercevoir c'est qu'ils sont barricadés comme des banques centrales. Il faut prendre un peu de hauteur. Regarder par-delà les grilles les murailles les fils barbelés. Alors tu apercevras au fond de la cour la vieille chapelle Rum Ortodoks. Entre l'Hôtel Hilton et la boutique Yves Rocher.

Tu vois des hommes qui se saluent en se touchant le front. Tempe droite, tempe gauche. Tu vois des hommes qui se tiennent par la main. Tu bois une gorgée d'eau dans un petit pot en plastique transparent avec un couvercle détachable. Pour toi qui es habitué aux cités plates, la ville d'Anatolie est un parcours du combattant. Tu dois toujours monter descendre. Emprunter des funiculaires. Traverser des fleuves en bateau. Quand tu as fini d'éplucher ce tas de noisettes, c'est décidé, tu arrêtes la rando. Tu remontes direct à la surface.

Sur le ferry qui te ramène au Pirée, tu t'assois près du chenil. À côté du garçon qui ne veut pas quitter son pitbull. Et tu repenses à la micro-église posée sur son pilier comme une cage à oiseaux. Et tu repenses aux taches informes de ciment entre les marqueteries de briques. Le réel s'ouvre comme une veste c'est certain. Il suffit juste de trouver le bon zip.

*

Tu reviens toujours à Pompéi. Pompéi est le nom de la ville quand tu reviens. Quand tu repasses dans un de tes anciens quartiers, tu retrouves partout dans les rues des automatismes fantômes inscrits à même l'espace. Les restes durcis de tes anciennes habitudes.

La seule preuve de tes voyages c'est l'explosion progressive de ton corps. Le genou gauche. L'épaule droite. Le trou du cul. Ton corps a claqué. Il s'est barré en diagonale. Tu peux à peine continuer à marcher avec tes pieds noirs et gonflés. C'est la fin de ton corps naturel. À ton retour, si tu reviens, il faudra passer à une autre version. Chimique, augmentée.

Attention à ne pas négliger non plus l'effondrement moral qui suit de près ta dégradation physique. Depuis quelques temps tu es envahi par des troubles inédits. Hey c'est ça aussi la nouveauté ! *The Brand New Panic Attack* ! Par exemple : tu n'oses plus montrer dans un taxi de peur d'un kidnapping.

Anastylose conjugale. Tu penses à ces vieux couples qui se partagent la charge de la mémoire. À partir d'un moment la plupart de leurs discussions sont consacrées au rétablissement provisoire d'un passé commun. *C'était en quelle année le mariage de... ? Et notre séjour en... ? Et l'enterrement de... ?* Tu aurais dû y penser avant de t'enfuir adolescent. Et partir à deux. Maintenant il est trop tard. Et tu ne peux pas compter sur Maman. Dans tes rêves elle continue seule la conversation comme elle le faisait déjà de son vivant. Souvent tu la trouvais en discussion avec elle-même. Dans le salon, la chambre à coucher. Dans la cuisine. Elle répète en boucle qu'il n'y a pas de problème avec les Arabes. Qu'elle a toujours eu plein de copines algériennes. Que le problème c'est les Fellagas. Des voleurs des assassins.

Tout ce que te demande ta mère au fond, tout ce qu'elle attend de toi, tu le sais bien. C'est que tu restes du mauvais peuple. Tu peux faire tout ce que tu désires tant que tu restes *au bout du compte* du mauvais peuple. Le mauvais peuple est facile à reconnaître. Il est planté du mauvais côté de l'Histoire. Et il est fait de mauvais individus. De sales atomes. Patates dans le sac à patates. Mineurs. Colons. Épiciers détaillants. Paysans parcellaires. Lumpen bourgeoisie.

Heureusement que tu as de grands ciseaux avec toi pour trancher dans le vif et te couper tous les matins d'avec toi-même. Simplement l'opération n'est pas sans revers. Tu as mis du temps à comprendre mais tes fuites en cascade n'arrangent pas du tout la situation. En épousant la carrière de voyageur tu n'as fait que repousser le problème. Tu as choisi de prolonger jour après jour ton immaturité. *Teen spirit for ever*. L'ado le spectre à jamais.

La carte de l'île

Tu as brûlé Princesse ta dernière allumette. Et tu te retrouves de nouveau dans les rues d'Athènes. Assis à une terrasse de café, entre deux boutiques de sandales, face à la façade végétalisée d'une boucherie bovine. Tu comptes les loukoums autour de ta tasse jusqu'à ce que l'odeur écœurante du cuir – comme du beurre frais – te fasse quitter la place.

Tu passes dans un autre quartier sous l'Acropole. Là où les bijoutiers courtisent les clients à l'extérieur de leur magasin comme s'ils bossaient pour un resto du Quartier Latin. *Une bague monsieur ? Un bracelet ? Une rivière de diamants ?* Mais tu n'as plus les moyens de faire le dilettante. À force de jouer aux fléchettes avec l'espace-temps tu as dilapidé tout ton héritage. Maintenant tu dois penser efficace.

C'est alors – et alors seulement – que tu te souviens d'une note ajoutée il y a une dizaine d'années dans les addenda secrets du TST *according to McFly*. « En cas d'échec prolongé, on peut toujours essayer de séparer les variantes 1/ en bougeant *d'abord* dans l'espace 2/ pour se déplacer *ensuite* dans le temps. » Frappé à retardement par la foudre de l'évidence tu décides de partir le jour même pour Chypre par le premier avion.

Assis à bord d'un Airbus A 320 tu passes en revue les astuces que tu pourras employer une fois sur place pour remonter au plus vite le Fleuve du Temps. Et tu es tellement occupé par tes réflexions que tu remarques à peine le masque de kabuki des hôtesses de l'air. Pommettes et lèvres rouges, sourcils faits, cheveux noirs tirés en arrière, raie au milieu, chignon rond.

Une heure après tu débarques à l'aéroport de Larnaca. Tu arrives à Chypre. Pour toi l'île n'est qu'un souvenir confus. Un contour géographique que tu t'es fait tatouer en bleu sur le biceps. *Pas besoin de scanner mon passeport, Monsieur l'Officier ! Je suis d'ici.* Et tu tends ton bras sous le nez du douanier pour lui montrer la carte. Ce n'est que lorsqu'il lève la tête que tu vois qu'il a une moitié de visage fondue. Accident ? Attentat ? Une chose est sure. Tu as perdu l'habitude des barrages administratifs. Et plus généralement des relations humaines. Comment on fait en vrai pour parler aux gens ?

Tu arrives début septembre. Et c'est l'été encore. C'est l'été de nouveau. Tu gagnes une saison. Tu reprends un *summer* en plus. Tu repenses à ce que te disait un voyageur. *Tu as passé trois saisons dans le ventre de ta mère et une quatrième dans le monde. Toute ta vie n'est que la quatrième saison.* À peine sorti de l'aéroport tu cries. *On y est Mummy ! Dans une demi-heure, on arrive à Nicosie. Et Nicosie c'est presque Ithaque.* Tout est si simple. Pourquoi n'y avoir pas pensé plus tôt ?

Par les fenêtres du bus tu vois des collines crayeuses et terrassées. Enroulées sur elles-mêmes comme des serpentins. Comme des gâteaux de crêpes. Et tu repenses maintenant aux théories sensorielles de remontée dans le temps. Tu as lu les principaux témoignages littéraires. Mais tu n'y as jamais cru.

Sans effort, sans tactique, on pourrait vraiment ? Par mémoire involontaire ? En mangeant juste une pâtisserie ? Ou en trébuchant sur un pavé ? Ou en se frottant le visage avec une vieille serviette ? Toi qui as construit combien de machines – au prix de tant de sacrifices – cela te paraît un peu trop facile.

Tu n'es pas étranger au sentiment bien sûr. Mais il n'a jamais provoqué chez toi les hallucinations d'envergure décrites dans toutes ces pages. Question de quoi ? Tu dirais de classe sociale. D'après toi il fallait vraiment être élevé dans le plus grand raffinement pour que se produise ce type de réaction. Dans ton histoire personnelle seules les années à Chypre te paraissent suffisamment distinctes pour posséder ce genre de charme. Et tu as cet espoir précis en tête en descendant du bus.

Tu arrives à Nicosie comme un convalescent. Attentif à toutes tes sensations. Au moindre écart de pouls. Tu es hyper réceptif. Et quand tu franchis les fortifications, et que tu passes pour la première fois par la Porte de Paphos, tu vois pendant un instant un pan de réel qui se fendille littéralement sous ton œil. Ça marche déjà ? Ça revient si rapidement ? Oh que de temps perdu pour rien avec des routines stupides ! Que de complications vaines alors qu'il s'agissait d'aller au plus simple ! Au plus clair !

Très vite pourtant tu commences à déchanter. Ce n'est pas le passé vivant qui revient vers toi. Simplement le souvenir d'une photo. Une photo de cet endroit que tu conserves quelque part, sous un lit, dans un carton. Et c'est tout ce qui revient.

*

Depuis que tu es arrivé, depuis que tu es descendu du bus, tout t'impressionne. Ce qui arrive et ce qui n'arrive pas. Le clou et l'absence de clou. Tout t'impressionne mais rien ne revient. Face à ce qui a changé, comme face à ce qui est resté pareil. L'ascenseur mémoriel reste bloqué au rez-de-chaussée. Collé au ras des choses.

Tu cherches le Woolworths où tu mangeais petit un burger à la menthe. Et tu tombes sur un Debenham. Les chaines de magasin changent aussi. Elles passent avec le temps. Et la cafétéria du Debenham a perdu la recette du burger à la menthe. Tu te rabats alors sur le banana split de la Taverne Octogone. Mais la sensation sucrée-glacée ne provoque rien de spécial chez toi – si ce n'est un léger dégoût. Tu as beau plonger tes doigts dans des pots entiers de confiture de rose, jamais tu ne t'enfonces ni ne décolles. Même quand tu cours sous la pluie du premier orage. Ô l'odeur pourtant de la terre mouillée !

Partout il n'y a que le présent. Que cette petite surface de glace sous tes pieds sans aucune attache à un autre continent. Il faudra bien pourtant que le réel s'ouvre à un moment si tu veux délivrer Maman.

Tu as doucement rigolé quand tu as découvert que votre ancienne maison – une baraque sur pilotis avec un balcon circulaire – avait été transformée en école privée pour enfants de l'élite internationale. Pendant deux ans c'est là où tu as tout appris. Pendant deux ans tu fais du canevas avec ta mère. Pendant deux ans elle ne t'habille que de bleu et de blanc. Elle avait reçu une formation d'institutrice en Algérie mais n'avait jamais pu enseigner à cause de la guerre. De toute sa vie elle n'a eu qu'un seul élève. Et cet élève c'est toi.

Dans l'église où vous alliez toutes les semaines, le service en français a lieu maintenant une fois par mois entre un service en hindi et un autre en cingalais. Le jour où tu y vas, l'église est pleine de Philippines. À la sortie, elles se font des mèches et des massages. Elles vendent des Croix du Christ sur des capots de voiture. Elles discutent entre elles tandis que pendent à leurs bras des sacs plastiques remplis de fruits et d'herbes.

Simone te dit qu'elles sont venues gagner leur vie comme femmes de ménages dans les villas des riches Russes qui achètent des passeports dorés pour devenir Européens. Elles sont venues seules en laissant leur famille derrière elles. C'est pourquoi elles sont super copines. Elles rient sans cesse. Elles chantent dans des chorales religieuses. Tu les entends qui s'entraînent le dimanche à travers les persiennes fermées.

Le reste de la semaine tu les vois accroupies les fesses collées aux talons – ou penchées à l'horizontale – balayant le parvis d'immeubles avec des palmes tressées et un chapeau pointu. Quand elles marchent dans les rues, sous la chaleur, elles ont des parapluies à fleur qui se voient de loin. Comme l'armée britannique a importé à Chypre les eucalyptus pour assécher les marais, les Philippines sont venues travailler dans l'île avec leurs parapluies jetables. Et l'effort conjoint de l'armée britannique et des immigrées asiatiques ont créé un autre paysage.

Et c'est comme si elles avaient réussi aussi à amener avec elles leur propre climat. Tu n'as pas tardé à noter que la météo n'est plus la même que dans tes souvenirs. Les chaleurs et les pluies suivent un autre agenda. Quand tu te retrouves un jour de mousson dans un jardin public entouré de toutes ces femmes joyeuses – malaisiennes, indiennes, philippines – tu as encore l'impression de t'être trompé de destination. Toi qui t'attendais en venant ici à tomber dans un gouffre historique, tu es pris plutôt dans un grand shift géographique. Une tectonique particulière des plaques. Tu es bien revenu à Chypre. C'est exact. Sauf que Chypre aujourd'hui est une île tropicale.

*

Tu t'es installé en colocation dans une maison de la vieille ville avec Athéna, Koula, Martha, Maddie, Simone, Julie. La vieille ville est une forteresse surchauffée qu'on a laissée aux pauvres, aux migrants, aux femmes de ménage. Les pauvres sont au centre, tu te dis, comme chez Eugène Sue. Comme les Mohicans de Paris sur l'Île de la Cité. Nicosie est une ville découpée en deux et abandonnée de l'intérieur.

Koula te dit. *Tu ne trouves pas que la cité est hyper loose ? Hyper relâchée. À la fois molle et fortifiée. C'est dur à expliquer ! Et tu penses quoi de ce nom de sirène ? « Lefkosia ». « Leukousia ». « La substance blanche ». Parce qu'elle est coupée en deux ? Depuis toujours coupée en deux. Je ne te parle pas des barbelés. Je te parle de Nicosie qui a été construite du temps où passait encore une rivière qui reliait le Mont Troodos à Famagouste. Après son assèchement, la ville est restée au milieu des terres comme un fossile administratif.*

Tu avais oublié pour la rivière. Il ne reste de son lit qu'un tracé ravineux, une voie d'ombre, qui s'étend surtout en banlieue. En ville les climatiseurs monoblocs fixés au bord des fenêtres forment des flaques sur les trottoirs. Tu te dis que, si toutes ces flaques se rattachaient les unes aux autres, il y aurait peut-être de quoi refaire un cours d'eau. Et remonter le Fleuve du Temps. Au lieu de ça tu restes à sec dans le présent.

Il existe à Chypre une longue tradition des éoliennes. On trouve partout d'anciens et de nouveaux modèles. Les anciens modèles ont la rouille pittoresque. Seuls les nouveaux amènent avec eux le sentiment de la catastrophe. De l'épuisement des ressources. À Chypre on trouve aussi les plus vieilles voitures du monde. Tout ce qui vient en gros après le modèle T. Coquillages industriels empoussiérés sous les piliers des maisons. Incrustés dans la terre des terrains vagues. Et tous les chats des rues ont un œil crevé. Un œil seulement pas deux. Seuls les chats borgnes survivent. Et meurent les aveugles !

Tu vois de loin le cône du minaret taillé comme un crayon. Au comptoir de l'épicerie il y a des œufs de caille à côté des chewing-gums. Des bouquetins en plâtre restent en alerte immobiles au croisement des rues. Les chasseurs sont en ville. Et tu retrouves sous tes tennis la terre rouge des campagnes où poussent les patates.

Tu passes à travers les arcades abandonnées. Les maisons en brique moutarde. Derrière le bougainvillier il y a une maison à sécher. Sa construction n'est achevée qu'une fois qu'on a tiré des cordes à linges entre les colonnes et poser dessus des draps trempés. Dans les vitrines les coiffeurs affichent des coupes à la Rob Lowe et des planches anatomiques du cœur. Ils suivent la tradition des chirurgiens-barbiers. Toujours prêts en plus de l'entretien capillaire à te débarrasser d'une verrue gênante ou d'un grain de beauté. Ô la tondeuse méticuleuse des vieux coiffeurs ! Précise comme un ciseau. Aux carrefours, derrière les murailles, les concessionnaires automobiles déploient leur chapiteau comme des cirques ambulants.

*

On peut tout mettre dans des sacs en plastique. Des figues fraiches comme des feuilles mortes. Il existe à Chypre des plantes grasses de toute taille et de toute espèce. Des poiriers-cactus. Des saules-caoutchoucs qui pleurent des larmes d'huile. Des palmiers petits et grands. Ronds comme des hérisson ou taillés à la serpe comme des cure-dents. Des palmiers à la barbe fleurie recouverts de lierre grimpant.

Tu traverses le parc semi-privé semi-public près de l'ambassade de Russie, avec ses bancs de pierre et ses bosquets de chênes-champignons. Et tu es surpris par le son (feutré, constant) des conversations et le départ de feu de soudains *runners*. De la rue pourtant tu ne voyais que des statues immobiles et un pan de ciel jaune tendu comme une toile au-dessus des arbres.

Tu peux passer l'après-midi à la cafétéria du Debenham en commandant juste un café. Comme ton voisin de table qui a sorti ses livres d'histoire et sa collection de minéraux. Par-dessus son épaule tu lis. *En 1571, après la bataille de Lépante, le grand vizir Mehmet Sokkolü déclare à un émissaire de Venise : « En détruisant notre flotte, vous nous avez rasé la barbe. Et une barbe rasée repousse avec plus de vigueur. Mais en nous emparant de Chypre, nous vous avons coupé un bras ! »*

Tu vas aussi à la boucherie. La boucherie fait aussi café avec une table et deux chaises. Elle est à côté du restaurant italo-libanais. Et des bars à chicha où tu viens regarder le soir les matchs de Champions League.

Entre le poste de police et les sacs de sable de la *buffer zone* une famille de Salonique a ouvert une pâtisserie au miel. À côté de l'entrée ils ont placé la cage d'un grand perroquet multicolore. Le perroquet s'agrippe aux barreaux avec ses serres. Il ronge avec son bec le fil à sa patte. Il sort sa langue noire et dardée.

Quand tu t'éloignes en banlieue tu trouves toujours, au bout d'une rue normale, les barbelés, les baraquements et les tonneaux métalliques de la Ligne Attila. Et parfois aussi une Maison Mémorial couverte de fleurs et de photos. *Ici est morte Pélagia le 4 février 1974. Nous ne l'oublions pas.*

Personne n'oublie. Rien n'est oublié. C'est ce que tu lis sur les murs. Au-dessus des cafés. Sur des vieux plans où la frontière Nord-Sud saigne comme une plaie du Christ. *S'il vous plait les mots comptent. Ne dites pas « la partie turque ». Dites « la zone occupée »*. Personne n'oublie. Rien n'est oublié. Il n'y a que toi qui ne te souviens de rien.

✶

Tu hésites à aller dans la partie Nord de Nicosie. Parce que tu sais que tu ne pourras rien y retrouver de ton passé. À la fin des années 70 il existait encore une frontière infranchissable entre les deux zones de l'île. À moins d'être un corps subtil ou diplomatique, il était impossible de passer. Mais depuis ces dernières années les *checkpoints* se sont multipliés. *Passer chez les Turcs* est devenu une distraction quotidienne pour les touristes européens. Et tu n'es pas sûr de vouloir prendre part au circuit.

Tu préfères te rendre le soir, dans les hauteurs de Nicosie, dans un de ces quartiers monotones construits après 1974, pour accueillir les réfugiés. Des hauteurs tu regardes le grand drapeau turc accroché à la colline qui clignote dans le noir comme un sapin de Noël.

Quand tu te décides enfin à franchir la *buffer zone*, tu as besoin une dernière fois qu'on te rassure. Tu demandes à Kyriakou de t'expliquer. *Il y a les Chypriotes turcs et les Turcs tu as bien compris ça ? Il n'y a pas de problème avec les Chypriotes turcs. Les Chypriotes turcs sont des Chypriotes comme toi et moi. Le problème c'est les Turcs. Et la colonisation de l'île par des populations, pauvres et endoctrinées, que le gouvernement d'Ankara fait venir d'Anatolie. Avec eux, tiens-toi sur tes gardes ! Accélère le pas ! Et serre ton porte-monnaie !*

Athéna reprend. *Ce que veut dire Kyria c'est que de part et d'autre de la frontière la lutte des classes se joue très différemment. Tu sais comment certaines villes abandonnées dans la jungle retournent à l'état de nature ? Eh bien les villes divisées, comme Nicosie, retombent à l'état de culture de chaque côté. Chaque moitié est devenue la grimace de l'autre. Et plus personne ne se souvient du visage originel. C'est aux bords opposés des fortifications que l'effet de symétrie et de déformation est le plus violent. Le centre est plus mou, plus international. C'est par là que tu devrais entrer.*

Quand tu franchis le *checkpoint* pour passer ta première nuit dans la zone Nord, à l'étranger de l'étranger, dans un pays qui n'existe pas, tu vas tout droit jusqu'aux fortifs. Tu ne prends pas le temps de t'arrêter devant le baraquement qui n'est pas une cahute militaire, comme tu pensais, mais un kiosk à musique. Ni devant la Parfumerie-Pharmacie du centre-ville – ici on soigne au parfum ! Tu ne veux pas ralentir ton pas avant d'avoir atteint la Porte de Kyrenia.

Tu t'assois alors dans le fossé sous une série de tentes en bois et tissu qui tiennent par des tiges métalliques posées sur le sol comme des pattes d'insecte. On dirait que tout le campement est sur le point de décoller. Sur une nappe en tissu, en carreaux de keffieh, une jeune fille dépose un verre de thé.

Plus tard tu redescends le long des murailles. Et tu vois le soleil qui tombe comme une bombe sur le Ledra Palace Hôtel. Et tu te dis qu'il y aura toujours pour toi une division tant qu'il faudra choisir entre la vie dans le monde et la vue du balcon distinct. Cette plaie de l'œil comment la refermer ?

À la nuit tombée le silence des rues est durement éclairé par des lampadaires blancs. Et tu entends le son des grillons et le bruit des citernes qui se vident. Et tu retrouves dans les bars les mêmes coupures de courant que dans la zone Sud. Le même suspens dans les conversations quand les lumières et la musique s'éteignent d'un coup.

Si tu étais encore dans un conte fantastique tu profiterais d'un de ces *black-out* pour passer de l'autre côté de la frontière dans un bar symétrique. Tu passerais du Club 1984 à son double inversé – le Club 1948 – au travers du toit amovible. Mais comme tu vis maintenant dans le Monde Présent, tu rentres dormir chez Fatma.

Le lendemain matin tu te réveilles à côté du beau Tommy, travailleur dominicain. Il t'explique qu'il ne peut pas passer dans la zone Sud avec son passeport. Mais il ne regrette rien. D'après ce qu'on lui a rapporté c'est trop cher au Sud. Et les gens du Nord ont plus de style.

Les semaines qui suivent tu retournes tous les jours dans la partie Nord. Tu aimes passer par la *buffer zone* à la tombée du soir. On dirait alors que les douaniers sont des employés cosmiques, des divinités tutélaires, chargés de séparer le jour de la nuit. Et tu voudrais t'installer pour de bon, dans cet entre-deux, au crépuscule. Tu voudrais t'enfoncer au milieu des rues et des maisons effondrées.

Dans la *buffer zone* le temps ralentit. Il s'épaissit comme une pâte. À mesure qu'on s'éloigne du poste de douane il devient plus dur d'avancer. C'est comme si on remontait l'Histoire à contre-courant. Tu l'éprouves physiquement. Tu te dis souvent que la solution est là toute proche. Mais avant que tu puisses décider quoi que ce soit, la lumière de l'autre poste te convoque déjà. Elle te somme de revenir. Et tu retournes dans le temps présent.

Si tu pouvais seulement enjamber les barrières latérales qui limitent ton parcours, les tonneaux et les barbelés, tu pourrais disparaître au cœur de la Ligne Verte. Dimitrios t'a montré son film. À quelques kilomètres à l'Ouest de Nicosie, il y a les ruines intactes de l'ancien aéroport international. C'est là que tu devrais enterrer Maman. Comme un guerrier viking. Dans la carcasse en feu d'un Trident Sun Jet.

*

Comme tu es nouveau dans l'île, tu lis encore avec attention tous les articles de presse sur la réunion de Chypre. Le modèle fédéral. Le processus de négociation. *Mais tu verras*, te dit Aspa, *avec le temps tu n'entendras plus rien. Ou juste une musique de fond. Un petit air de cirque. Tu oublieras ces discussions comme tu oublies déjà le chant du muezzin qui te réveillait, au début, à quatre heures du matin.*

Eleni te raconte. *Je sais que tu n'as rien lu de Séféris. Mais est-ce que tu sais au moins qu'il est né à Smyrne ? Il a quitté la ville à l'âge de 14 ans au moment de la Catastrophe. Et quand il y est revenu à la cinquantaine, il n'a rien retrouvé de ce qu'il connaissait. C'était comme si tout avait disparu. Pourtant quelque temps plus tard, comme il était de passage à Chypre, il a cru voir de nouveau la Smyrne de son enfance. La culture des ports levantins. L'odeur de l'Asie Mineure. Smyrne n'était plus dans Smyrne. Elle était toute à Chypre.*

D'autres après lui succombèrent à cette illusion. Chypre devint alors le dernier fantasme des exilés grecs. Le dernier endroit où s'est rejoué la Grande Idée et la Grande Catastrophe. S'il fallait réunir Chypre à la Grèce, c'est parce qu'on avait perdu Smyrne. Ce que les Européens ont projeté sur la Grèce, les Grecs à leur tour l'ont projeté sur Chypre. S'ils avaient vu hélas qui nous sommes vraiment !

Le garçon, qui apporte ta limonade, interrompt un instant la conversation. Eleni reprend. *Ils ont bien raison ceux qui disent qu'il ne faut pas parler de « partie turque » à Chypre. Et tu sais pourquoi ? Parce qu'il n'y a pas non plus de « partie grecque ». Les deux sont faux. Les Grecs et les Turcs pensent en termes de batailles et de conquête, de victoires et de défaites. Et ils imposent autour d'eux ces grands sentiments.*

Mais nous, les Chypriotes, ne sommes ni Grecs ni Turcs. Ni Byzantins ni Ottomans. Il y a plus de mille ans déjà nos ancêtres payaient un double tribut à l'Empereur et au Calife. Simplement pour qu'ils nous laissent tranquilles.

Nous sommes une société d'asociaux qui s'est toujours construite en dehors du gouvernement. Tu comprends, nous avons trop de choses à faire pour nous intéresser en plus aux Choses du Politique ! Il y a trop de mariages à célébrer. Trop de chasse, trop de vendange. Et ce n'est pas que nous ne savons pas diriger. C'est que nous méprisons l'exercice du pouvoir. Cette charge sale nous préférons la laisser aux étrangers qui s'en réjouissent toujours parce qu'ils croient nous la prendre.

*

Tu aimerais aller dans les plages et les villes maritimes. Des paquets de sensations t'y attendent encore c'est certain. Entre les mailles serrées du filet de béton. Mais tu as peur de quitter Nicosie. Maintenant Nicosie est incrustée en toi. Ou tu es incrusté en elle. Et tu n'arrives plus du tout à t'éloigner des fortifs.

Oh ne sois pas bête quand même ! te dit Fatma, *tu peux bien partir pour quelques heures. Va au moins à Famagouste. Tu verras les chefs-d'œuvre du Gothique Islamique. Un genre en soi vraiment, qui n'existe nulle part ailleurs, puisqu'il est le résultat d'une somme tout à fait spécifique d'invasions.*

Pour obtenir par exemple la Mosquée Lala Mustapha Pacha, il faut vider l'intérieur de l'ancienne Cathédrale Saint-Nicolas, poser des tapis, remplacer les vitraux par des moucharabiehs et ajouter à la façade de pierres un minaret de briques qui redéfinit tout l'équilibre du bâtiment.

Tu aimerais écouter ses conseils. Mais le seul déplacement que tu parviens à faire est le plus court – et celui que tu connais déjà – entre l'aéroport et la vieille ville. Entre Nicosie et Larnaca. C'est ton dernier circuit.

La *skyline* de Larnaca est hérissée de *water tanks*. De réservoirs d'eau ronds carrés. On la voit de loin. Comme cent oiseaux posés sur une ligne électrique. La première chose que tu poses ici quand tu construis une maison c'est les réservoirs d'eau et les panneaux solaires. Tu pars toujours du haut. Les fondations sont en l'air. Après tu peux bâtir le reste. Les murs les fenêtres la chambre des enfants.

Et pour ta caisse tu ajoutes juste à côté un abri fait de quatre tôles métalliques qui confond bizarrement le four et l'habitat. Ton garage rouille en deux mois. Et deux mois après tu construis une autre rôtisserie.

Dans le centre-ville tout le petit peuple est là encore. Les artisans. Les menuisiers. Les forgerons. Les touristes de masse. Si tu entres chez *Seashell and Coral* tu vas trouver, c'est sûr, la copie conforme d'un coquillage de ton enfance. Mais tu préfères plutôt te perdre dans le spread infini des maisons plates jusqu'aux plages de Mackenzie.

Les plages de Mackenzie sont labourées au tracteur fermier comme des plaines de la Beauce. On a aboli ici l'herbe britannique. On a renversé la pelouse coloniale au profit de plaques éparses de gazon synthétique. Et les vieux baigneurs en chemise à fleurs viennent y parfaire leur bronzage barbelé en se collant contre la grille de l'aéroport.

Toutes les minutes les avions atterrissent au bord du lac salé. À distance, dans le réfléchissement sec des marais, tu confonds le minaret et la tour de contrôle. Mirage de la réalité. Tu aperçois la mosquée Hala Sultan Tekke. Et ta vision se double alors – comme un tissu – du souvenir frais-sombre de son intérieur.

*

Depuis que tu es arrivé à Chypre rien ne revient. Si ce n'est un sentiment que tu ne peux définir parce qu'il ne s'accroche à rien de tangible. Rien d'inscrit nettement dans le paysage. Tu dirais. Le vent à la tombée du soir dans les espaces ouverts. Dans le vague des terrains. Au milieu des parkings éclairés au néon. Tu dirais le vent d'été la nuit sur les boulevards. Mais à part ça ? Comment pointer du doigt un vide ? Quand ce n'est pas un pur néant métaphysique, facile d'accès, mais une forme de rien semi-aménagée. Construite historiquement.

Pour y voir plus clair tu commences par dresser une typologie précise des terrains vagues. De leurs fonctions comme de leurs éléments. Le terrain vague est un parking un dépotoir un jardin. Ils comportent des voitures des cabanes des vignes. Le cours d'une rivière asséchée. Il fait office de rue supplémentaire entre les rues. De boulevard entre les blocs. C'est un lieu de passage. Il comporte un arbre en son centre (un platane, un figuier). Il peut être carré comme l'emplacement d'une maison mais c'est quand il s'étend de manière informe entre plusieurs groupes d'immeubles qu'il révèle pleinement son identité.

Tu remarques aussi. Beaucoup d'églises n'organisent rien ici. On ne construit rien autour d'elles. Ce ne sont pas le centre des quartiers. Mais au contraire elles sont souvent placées dans les espaces qui restent vacants, inoccupés. L'église est au fond de la cour à droite. Entre les bâtiments. Ici le sacré est interstitiel. Et inversement ?

Tu repenses également à toutes ces poches de vie créées un peu partout, entre deux rues, en bord d'autoroute, au milieu du ciment, avec deux plantes grasses, un four mobile, un sofa. Tous ces lieux de confort provisoire qui semblent aménagées après la catastrophe, qui poussent bêtement comme des plantes, et disparaissent, ou se modifient selon les circonstances. *Ici dimanche on cuit le klefto*. Ici vraiment ? Sur ce parking sans ombre ? Au milieu du carrefour ?

Quand tu commences à parler de ce sentiment à Christina, elle te répond. *Tu as peut-être remarqué que chaque ensemble de pays, un tant soit peu constitué, a encore besoin d'un pays en plus pour s'y retrouver. Pour s'y recouper. Ainsi la Sainte Europe Germanique a-t-elle la Suisse et ses cantons. De même, et de façon plus violente, empilée, contradictoire, les peuples de la Méditerranée ont Chypre.*

Tu dois comprendre ceci. Pour nous le monument est ce que laisse un envahisseur. Une administration est ce que laisse un envahisseur. Une infrastructure est ce que laisse un envahisseur. Et les places et les monuments et les infrastructures s'ajoutent les unes aux autres au fil du temps, au cours des invasions, pour former l'image officielle d'un pays.

Mais n'importe quel Chypriote sait que son pays ne se trouve pas dans cette image de marque. Il est ailleurs. Dans les montagnes perdues. Dans les replis vivants le long des routes. Dans les espaces entre les constructions. Depuis toujours nous avons appris à gérer la réalité extérieure comme un désastre. Et, pour vivre dans le désastre, il faut s'installer sans cesse en-deçà du déluge. Tu comprends maintenant ? Chypre est une arche.

*

Le pope est froqué. Sa robe longue le plante dans le sol comme un arbre. On apporte à Kokos trois bières Fix avec son café du matin. Il garde toujours ses cigarettes en vrac dans sa banane en cuir. Le douanier de la Porte de Paphos part demain pour Paris. Il te demande s'il doit prendre avec lui des chemises à manches longues ou courtes. Toi tu enchaînes Halloween et le Jour du Non sans changer de costume. Tu restes 24 heures déguisé en pacha. Et tu rigoles avec les copines au milieu du dancing. Et tu défiles avec la procession parmi les bannières brodées et les figures des saints.

Depuis que tu es arrivé à Chypre, le temps continue de s'écouler. Le deuxième jour déjà tu regrettais le premier. Comment construire un mausolée dans ces conditions ? Et tu as toujours plus de mal à retenir Maman. Sa momie se ramollit. Elle te glisse maintenant entre les doigts comme un poisson mort. Tu as de la peine à la distinguer. Même en rêve elle a cessé de te parler. L'autre jour tu as cru voir son visage en une d'un journal local. Mais c'était une photo de Zackie Oh assassinée.

*

Tu arrives trop tard à la montagne. Il ne fait plus assez chaud pour profiter par contraste de l'humidité des odeurs. Du bruit frais des torrents. Tu croyais trouver l'été sans fin mais tu découvres qu'à Chypre aussi il y a des fleurs d'automne.

Tu repasses par les mêmes lieux que lorsque la canicule t'obligeait à maintenir une logique constante de survie – où est l'ombre ? Où est l'arbre ? Où est le bar ? – et tu les traverses maintenant sans peine et sans hâte en plein midi. Au point que tu peines à croire qu'il s'agisse des mêmes lieux, privés qu'ils sont de leur drame solaire. Nicosie est comme une scène après la représentation.

Tu décides alors de retourner à Larnaca. En septembre tu avais vu un grand panneau publicitaire annonçant le retour prochain des flamants roses. *THEY ALWAY COME BACK*. Et tu ne voulais pas y croire. Mais quand tu reviens ils sont bien là. Plantés entre l'aéroport et la mosquée. Perchés en haut de leur propre corps comme des saints stylites. Tu les vois à distance qui avancent à la surface du lac salé dans un lent délié mécanique. Seul leur reflet dans l'eau est baveux-ébouriffé.

*

Tu es revenu à Chypre mais il est trop tard. Si rien n'arrive c'est parce que tu reviens trop tard. Tu as gardé trop longtemps la carte de l'île dans ta manche. Pendant trop d'années. Jusqu'à ce qu'elle pourrisse sans que tu t'en aperçoives. Et quand tu la brandis enfin triomphalement, tu n'as plus entre les doigts qu'une forme vide que tu abats sans effet sur la table.

Il y a dix ans encore la gentrification n'avait pas commencé. La perte du flanc gauche de Nicosie n'était pas entamée. Et le bord de mer n'était pas perdu. Au début des années zéro tu aurais encore tout retrouvé. En son entier dans sa division. Tu aurais retrouvé Chypre quand c'était vraiment l'arche des vaincus. L'île aux enfants. Et peut-être alors que tu aurais pu remonter dans le temps. Aujourd'hui la partie est trop difficile.

Et ton cœur sans doute aussi est-il esquinté. Toute une moitié d'aorte. Et ton cerveau racorni. Ta facilité à aimer, ta capacité à d'apprendre, tu les as laissées où ? Tu ne peux pas dire le contraire. Il y a une partie de toi qui est endommagée. C'est pour ça que tu te tiens toujours de trois-quarts face. C'est pour ça que tu sers les fesses.

*

Au moins tu as tout risqué. Et qui ne risque tout ne risque rien. C'est la seule chose que tu trouves à dire pour recouvrir ta déconvenue. Tu as brûlé tous tes vaisseaux. Tu n'as prévu aucun plan B. Aucune issue de secours. Et tu te retrouves maintenant sans avoir tenu ta promesse – à bout de souffle, à court de moyens – fils honoraire d'une île exotique.

Tu essayes de te consoler en disant que trop tard c'est du temps encore. L'aventure encore. Un temps particulier à explorer dans son étirement même. Comme à la fin d'un match de basket quand les dernières secondes durent des minutes entières. Mais comment danser sur ce nouveau parquet ?

Tu te dis aussi que ce n'est pas qu'un problème perso. En fait c'est trop tard pour tout le monde. À Chypre même il ne reste plus rien à exploiter. Les mines se sont déplacées en mer. Tu vois les plateformes Exxon Mobil depuis la plage. Elles vont chercher avides le gaz *offshore*. Tu penses. *La parousie c'est pour demain*. Tu en parles à tes amies.

Martha t'explique. *Il y a deux stratégies en écologie : l'adaptation et la mitigation. La mitigation c'est quand tu veux encore limiter les effets du désastre. Quand tu veux combattre, résister. L'adaptation c'est quand tu cherches plutôt les moyens de survivre. Je ne vais pas te surprendre en te disant que c'est l'adaptation qui est en pleine expansion ces dernières années.*

Maddie. *La seule bonne nouvelle avec notre catastrophe, c'est son caractère scientifique. Les millénarismes anciens laissaient trop de place à l'imaginaire. Ils étaient pleins de cauchemars et d'approximations. Notre apocalypse est précise, documentée, méthodique. Elle se calcule au degré près. Si tu veux savoir par exemple quand le Sirocco soufflera dans la Sarthe, je peux te donner une date.*

Popeye. *Ah si j'avais su plus tôt, je l'aurais dit à Maman ! J'aurais pu la convaincre de rester en vie encore quelque temps. Et avec un peu de patience elle l'aurait retrouvé elle-aussi son climat ! Tout aurait été différent.*

Julie. *Mais Popeye, de toute façon, si les oiseaux sont des dinosaures – et les poulpes des extraterrestres ! – on vit dans quel monde au juste ? Et à quelle époque ? Tu peux me dire vraiment ?*

*

Un jour tu fais un rêve. Dans ton rêve tu es allongé sur les plages de Mackenzie. Près de la grille de l'aéroport. Et tu te réveilles quand tu entends dans le son du ressac un bruit nouveau qui n'est pas celui d'un avion.

Tu te redresses et tu vois, qui viennent vers toi, tous les habitants de Chypre. Les morts et les vivants. Les Arabes et les Latins. Les Grecs et Les Turcs. Les Doges et les Drogmans. Les Mycéniens et les Phéniciens. Les Arméniens et les Maronites. Les Syriens et les Assyriens. Les Égyptiens et les Perses. Les Sarrasins et les Achéens. Les Francs et les Mamelouks. Les Russes dorés et les Philippines à fleur.

Et peu à peu tu reconnais, dans la masse des visages, quelques figures célèbres. Tu vois Myrrha princesse scélérate qui prit la forme d'une autre femme pour coucher avec son père. Tu vois la Reine Démonasse qui refusait qu'on honore les suicidés. Tu vois l'Impératrice Théodora fille du dompteur Acacios. Tu vois le Roi Gorgos de Salamine et l'usurpateur Abdémon. Tu vois Cimon qui fut inhumé deux fois. Tu vois Alexandre et son armée. Tu vois Zénon l'éclectique. Tu vois Saint-Marc et Saint-Barnabé. Ils portent avec eux un fragment de la Croix.

Tu vois la fille d'Abu Bekr et la femme de Moaouyah qui furent l'une après l'autre enterrées dans les salines. Tu vois Alix la Lépreuse et Théophile Eroticos. Tu vois Henri II de Lusignan la bête contre laquelle se révoltèrent Nicosie et Famagouste. Tu vois Bragadino dont la peau fut envoyée au Sultan bourrée de paille. Tu vois Lala Mustapha. Tu vois Kutchuck Mehmed. Tu vois Lord Beaconfield. Tu vois l'Archevêque Makarios et le Docteur Küçük.

Pauvres, anonymes, couronnés, conquérants, venus chercher du chrome ou de quoi manger, chacun à sa place, dans sa rangée, remonte à la surface sans jamais avancer ni parvenir sur la plage. Tous font du sur place, gelés en mouvement dans des vagues perpétuelles, comme des surfeurs d'argent dans des piscines à remous. Et tandis qu'ils s'activent immobiles, des anges joufflus chantent, au-dessus de leur tête, la gloire du Royaume de Chypre. De la Suisse-des-Eaux. De l'Arche des Vaincus.

Et soudain, parmi la foule, tu vois ta mère. Immense et blonde. Petite et noire. Brusque et recroquevillée. Elle arrive avec la dernière vague. Tu la vois qui s'avance au milieu d'ouvriers somaliens. Des réfugiés de la onzième heure. Elle tient dans ses bras un enfant inerte. Et deux autres sont accrochés à ses jupes. Elle avance vers toi. Les mouches dans ta bouche. Elle n'en finit pas de débarquer. Mon nom est Singapore Sling. Mais Maman m'appelle Patrice. Elle sort de l'écume. Elle sort de ta cuisse. Elle sort de sa conque. Cou coupé.

Du même auteur
Les Champs de l'audiovisuel, MF, 2018.
Magie Industrielle, Hélium, 2016.
Zoo : clinique, L'Arbalète Gallimard, 2014.
Des Corps Compétents, Presses du réel, 2013.
Images du sport, Bayard, 2012.
Une Coupe du monde, Actes Sud, 2011.
Baltern, L'Arbalète Gallimard, 2011.
Faire le tour / Voir les jeux, Lanceur, 2010.
Tino et Tina, L'Arbalète Gallimard, 2009.

Remerciements
Ce livre n'aurait pas existé sans l'amitié des habitants de Chypre ; sans l'aide de Laurent Perreau, Clélia Cohen, Élise Paré, Carole Lepage, Joy Sorman, Arno Bertina, Christophe Kihm ; sans les discussions avec la famille Godard et la famille Zabunyan ; sans les tableaux de Kiril Tzonev (Sofia 1929), sans les poèmes de Constantin Cavafy (Constantinople 1885), sans les films de Zeki Müren (Istanbul 1959) ; sans les tatouages de Bellesetbuth, La.guish, 21 × 29,7, Lefki Savvidou ; sans les tampons de Celia Gaultier ; sans les cours d'Edhem Eldem au Collège de France ; sans les ouvrages de Dimitri Skopelitis et Dimitri Zufferey (*Construire la Grèce : 1770–1843*), de Yannis Tsiomis (*Athènes à soi-même étrangère. Naissance d'une capitale néo-classique*) ; d'Hervé Georgelin (*La Fin de Smyrne. Du cosmopolitisme aux nationalismes*) ; de Marie-Carmen Smyrnelis (*Smyrne, la ville oubliée ? Mémoires d'un grand port ottoman, 1830–1930*) ; d'Esther Benbassa (*Salonique. Ville juive, ville ottomane, ville grecque*) ; et sans le court-métrage de réalité virtuelle, *The Green Line,* de Ioannis Bekiaris, Alexis Mavros et Dimitrios Ikonomou.

Instagram
@patriblouin
#popeyedechypre

www.editions-mf.com

ISBN 978-2-37804-030-7
Dépot légal : mars 2021

Photographie
Thomas Kretschel, 2016

Impression
Présence Graphique

Design graphique
Jauneau Vallance

Mise en page
Laura Selllies